Bianca Karwatt
Herausgeberin

Wald der Emotionen
Winter

Anthologie

Die geschilderten Personen und Ereignisse sind frei erfunden.
Ähnlichkeiten mit lebenden oder
verstorbenen Personen sind rein zufällig.

© 2018 Bianca Karwatt
Lektorat Buchstabenpuzzle
info@buchstabenpuzzle.de

Cover:
Azrael ap Cwanderay
Bildmaterial:
www.pixabay.de

Lektorat und Korrektorat:
Lektorat Buchstabenpuzzle Karwatt
www.buchstabenpuzzle.de

1. Auflage

Bibliografische Information der Deutschen Nationalbibliothek:
Die Deutsche Nationalbibliothek verzeichnet diese Publikation
in der Deutschen Nationalbibliografie; detaillierte bibliografische
Daten sind im Internet über http://dnb.dnb.de abrufbar.

Herstellung und Verlag: BoD – Books on Demand, Norderstedt

ISBN: **978-3-7481-8038-8**

Bianca Karwatt

Herausgeberin

Wald der Emotionen Winter

Anthologie

© Wiebke Worm

Ich möchte nicht viele Worte machen, dennoch möchte ich allen Autoren und Illustratoren von Herzen danken, die mir ihre Texte und Zeichnungen anvertraut haben, um daraus eine Anthologie zu machen.
Herzlichen Dank, meine Lieben!

Ihnen, lieber Leser danke ich, auch im Namen aller teilnehmenden Autoren, ebenfalls von Herzen, dass Sie mit dem Kauf unserer Anthologie ein privates Tierschutzprojekt unterstützen. Die Spende wird wirklich zu einhundert Prozent für die Tiere verwendet, versicherte mir Linda Marie Haupt.
Vielen lieben Dank!

Und ein letztes herzliches Dankeschön geht an Linda Marie Haupt.
Sie kümmert sich nicht nur um Hunde und Katzen, nein, auch Wildtiere, die Hilfe benötigen, erhalten diese von ihr, zu jeder Tages- und Nachtzeit. In den vergangenen Jahren haben wir uns sehr oft darüber unterhalten, welche Tiere sie gerade versorgt. Ob es ein kranker Igel oder ein kleines Kätzchen war, aber auch Entenküken, die keine Mama mehr hatten, alle bekamen Hilfe von ihr. Für sie gibt es keine Unterschiede, Tier ist Tier und man spürt, wie sehr es ihr am Herzen liegt, diesen zu helfen.
**Danke schön, liebe Linda Marie
Haupt, für dein Engagement.**

Nun bleibt mir nur noch, Ihnen viel Spaß beim Spaziergang durch den winterlichen Wald der Emotionen zu wünschen.

Bianca Karwatt

Emma

Feddersen lebte ein wohlgeordnetes Leben nach der Uhr. Jeden Morgen stand er um die gleiche Zeit auf, saß um 9.00 Uhr im Büro, erhob sich mit dem Gongschlag der Kirchturmuhr um 17.30 Uhr von seinem Stuhl und marschierte aus der Tür. Eigentlich auf dem Weg nach Hause, doch an der ersten Ampel blieb er stehen. Heute, überlegte er, heute ist ein guter Tag für ein Wiedersehen. Nur einen Moment zögerte er, dann bog er in die Einkaufspassage ein. Aufregung erfasste ihn, er lief schneller, sein Herz hüpfte vor Freude, als die Bretterbuden des Weihnachtsmarktes in Sicht kamen. In jede einzelne steckte er seinen Kopf hinein, doch nirgends erblickte er das runde, liebe Gesicht der ehemaligen Kollegin, die er hier Jahr für Jahr besuchte. Das hast du nun davon, schimpfte er mit sich. Nicht ein einziges Mal hast du Emma nach ihrer Anschrift gefragt.

Dann endlich hörte er die melodische Stimme, die zu der herzlichen Frau gehörte, zu der er sich angezogen fühlte wie ein Kind vom Weihnachtsmann.

Emmas dunkle Augen blickten aus einem der Hexenhäuschen hervor und strahlten.»Mensch, da freue ich mich aber. Der Feddersen, Peter kommt mich wieder mal besuchen. Hab schon alle Tage nach dir Ausschau gehalten.«

Lachend langte er durch das Fenster und schüttelte kräftig ihre Hand, doch die ihre drückte nicht wie sonst fest zu, sondern lag schlaff in der seinen. Nun musterte er sie und staunte, wie schnell sie gealtert war. Auch von ihr fing er einen solchen Blick auf. Langsam schlurfte sie aus dem Haus heraus und auf ihn zu.

»Blass bist du. Sitzt wohl immer noch Tag für Tag im Büro und studierst Bilanzen, was?« Nur ein wenig knuffte sie ihm in die Seite, doch er fühlte sofort die Röte auf seinen Wangen.

»Es ist schon recht so, Emma. Ich will mich nicht beklagen. Läuft das Weihnachtsgeschäft gut?«

»Wie immer, mein Lieber, wie immer halt. Die Lebkuchen verkaufen sich so vortrefflich wie meine Eiscreme im Sommer. Nur nimmt mir mein Rücken jetzt das viele Stehen übel. Weißt du, manchmal denke ich nun doch ans Aufhören. Das ewige Sitzen auf dem Sofa wird mir nicht gefallen, doch so geht es nicht weiter.«

»Davor fürchte ich mich auch, sonst hätte sich der Chef längst einen anderen Dummen suchen können. Das Rentnerdasein würde mir aufs Gemüt schlagen.«

Beide blickten zu Boden und für einen kurzen Moment schwiegen sie. Dann meinte Emma:»Ach, Peter, das kann nur furchtbar werden. Hier ist Trubel, Kinderlachen, die Weihnachtsstimmung auf dem Markt steckt mich an. Oftmals spazieren die netten Verkäuferinnen aus den Nachbarbuden auf ein Schwätzchen herüber. Trotzdem möchte ich manchmal eine Tasse Kaffee trinken gehen, dort hinten im Bistro. Da könnte ich mir die Hände wärmen.« Mit einer vagen Handbewegung zeigte sie in die Ferne.

»Dann sind das deine einzigen Sorgen?« Erleichtert atmete er auf.

»Natürlich. Im Sommer hab ich es viel besser. Wenn ich auf Flohmärkten Eis verkaufe, ist es doch schön warm. Du glaubst nicht, wie viel Spaß ich habe.«

»Da beneide ich dich aber. Den ganzen Tag an der frischen Luft wäre ich auch gern.«

»Wirklich? Dann schmeiß doch endlich den Buchhalterstift deinem Chef auf den Tisch und komm mit mir! Wir beide, was, Peter? Wir würden reisen und ein gutes Gespann abgeben, oder was meinst du?«

»Ich? Aber das geht nicht.« Erschrocken starrte er Emma an. Was die sich dachte? Er sollte sein geordnetes Leben eintauschen gegen eines ohne Regelmäßigkeit? Bei aller Liebe zu ihr, so ein Vagabundendasein konnte doch nicht gut werden. Verdattert stand er vor dem aufgemalten Backofen des Häuschens, als wenn er der Nächste wäre, der gegart werden sollte. Nun sprudelte es aus ihm heraus: »Du kommst auf Ideen, obwohl, Lust hätte ich schon und wenn ich es recht bedenke …«

Emma streckte ihm beide Hände entgegen. »Also abgemacht?«

Er dachte daran, wie oft er der Abenteuerlust nicht nachgegeben und es später bereut hatte. War Emmas Angebot nicht besser als der ewige Gleichklang des Alltags und der Einsamkeit? Außerdem mochte er sie sehr. Schon hörte er sich sagen: »Jetzt weihst du mich erst einmal in die Geheimnisse des Verkaufs ein und dann darfst du dich aufwärmen gehen.«

Lange schüttelten sie sich die Hände. Dann steckten beide wie Hänsel und Gretel die Köpfe zusammen.

© Sunny Claire

Herbstzauber

Sonnenschein und leichter Wind
und Schritt für Schritt
gehe ich die Wege entlang.
Blätterregen verzaubert die Lüfte in
ein Farbenspiel des Herbstes.

Die Wege bedeckt von buntem Blätterwerk
und die Luft so frisch und klar.
An einer Abzweigung angekommen,
entscheide ich mich für den neuen unbekannten Weg.

Das Altbekannte lass ich hinter mir,
denn es hat mir nichts Neues zu bieten.
Sanft schreite ich über den blätterbedeckten Weg
und spüre den Herbstzauber
dieses wundervollen Tages.

Die Farben des Herbstes
erinnern mich häufig auch an die Farben meiner Seele.
So golden verfärbt,
das sie strahlt und leuchtet,
Und anders auch mal mit der dunklen
Farbe, als würde sie weinen.

Doch so vielseitig, vielfältig, schön und wundervoll,
so voller Farbe ist auch meine Seele.
Sie freut sich an einer wundervollen Jahreszeit.
Herbstzauber, danke das es dich gibt.

@ Nicole Franziska Horn

Parallelen

Es ist viele Jahre her, dass ich hier das letzte Mal gesessen habe - am Deich, sehr viele Jahre, mehr als ein Vierteljahrhundert. Wo ist nur die Zeit geblieben? Sie ist nicht stehen geblieben, so vieles hat sich verändert, so vieles ist mir fremd geworden. Auf den ersten Blick erkenne ich kaum etwas wieder. Ein Gefühl von Enttäuschung macht sich in mir breit. Oder ist es Traurigkeit? Habe ich wirklich erwartet, alles vorzufinden - wie damals? Sicher nicht! Aber meine Erinnerungsbilder sehen anders aus. Alles war natürlicher, ursprünglicher. Erst bei genauerem Hinsehen entdecke ich Altbekanntes. Die Fischkutter von damals gibt es noch - neue sind hinzugekommen. Der Strand, der Jachthafen ...

Der Wind, oftmals rau und kräftig hier an der Ostsee, berührt heute nur wie ein sanftes Streicheln mein Gesicht. Und dieser Geruch! Es riecht nach Meer, Algen, Fisch. Kaum zu beschreiben, doch unverwechselbar.

Die Wintersonne am graublauen Himmel meint es besonders gut, so, als wolle sie meine melancholischen Gedanken besänftigen.

Mein Blick geht hinaus auf das Meer. Ruhig und fast glatt liegt es vor mir. Hier und da schwimmen ein paar Möwen und Eiderenten auf der leicht gekräuselten Wasseroberfläche. Sie warten auf Fischabfälle, die die Fischer in unregelmäßigen Abständen von Bord ihrer Kutter werfen. Gierig und laut kreischend stürzen sie sich auf die Leckerbissen. Dann herrscht wieder Ruhe.

Auch ich werde langsam ruhiger, entspanne mich. Auf der Förde kreuzen einige Segler. Ein schönes Bild – die weißen Segel auf dem blauen Meer. Weiter draußen, am Horizont, erkenne ich die StenaLine, die mit ihren Passagieren wohl auf dem Weg nach Schweden ist.

Das Schilf schon mit Raureif bedeckt, bewegt sich am Ufer leicht hin und her. Bald wird es schneien, die Zeit ist da. Wie der Winter wohl werden wird? Meist gibt es nicht mehr viel Schnee, nicht einmal zur Weihnachtszeit.

Wenn ich da an den Eiswinter 78/79 denke! Kilometerweit sind wir auf der vereisten Ostsee spazieren gegangen oder sind Schlittschuh gelaufen. Der Wind hatte das Eis zu hohen Bergen aufeinander geschoben, zu einer bizarren, bezaubernden Winterlandschaft. Der Schnee lag meterhoch im Dorf, wir waren eingeschneit.

Mehr als einmal mussten wir uns, die Einwohner des 500 Seelendorfes, mit Schaufeln, Schneeschiebern aus dem Schnee buddeln. Autoverkehr ins nächste Dorf war nicht mehr möglich, der Fährverkehr lange Zeit auch nicht. Zum Einkaufen musste man drei Kilometer zu Fuß bis zum Supermarkt. Bis zu den Knien, teilweise höher, steckten wir im Schnee. Ein paar werdende Mütter wurden mit dem Hubschrauber in die Hauptstadt geflogen.

Doch einige hatten mächtig Spaß: Die Kinder! Jeden Tag Schneeballschlachten, Schneemänner bauen … und es gab sogar ein paar Iglus! Na ja, sie sahen zumindest in etwa so aus.

Das Beste war natürlich: Die Schule fiel lange aus, es war einfach kein Hinkommen. So war das damals, ein langer, richtig strenger Winter. Noch bis Ende April lag der zusammengeschobene Schnee meterhoch in den Straßengräben.

Ja, es hat sich vieles verändert im Laufe der Jahre. Doch einiges ist auch gleichgeblieben, man muss sich nur die Mühe machen, es wiederzuentdecken.

Auch an mir ist die Zeit nicht unbemerkt vorbeigegangen. Sie hat ihre Spuren hinterlassen: an meinem Körper, meinem Gesicht, meiner Seele. Sonnige und stürmische Zeiten; das Leben hat mir vieles gegeben. Von einigem reichlich, von anderem hätte es gerne weniger sein dürfen.

Diese Erfahrungen und Schicksalsschläge hinterließen Erinnerungen, Verletzungen und Narben. Alles das hat mich verändert, und mich zu dem Menschen gemacht, der ich heute bin. Aber selbst in meiner, schon älteren Seele, gibt es weiterhin ein ›Kinderzimmer‹. Dort bin ich noch wie früher: Ein Kind, eine junge Frau … Die Tür des Zimmers ist nicht verschlossen. Manchmal werfe ich einen Blick hinein oder lasse sie hinaus – das Kind und die junge Frau. Und das ist gut so, denn auch das bin ich!

Das habe ich mit den Jahreszeiten gemeinsam, bei all den Wetterveränderungen durch Umwelteinflüsse, die Erderwärmung und Katastrophen, weiß man oftmals nicht, ist es noch Sommer oder schon Herbst? Kommt der Winter noch, oder bleibt es Dauerherbst? Doch manchmal sind die Sommer doch noch richtige Sommer und die Winter wirkliche Winter.

Und wir Menschen, stellen wir uns nicht auch insgeheim die Frage: Ist dieses mein Lebensherbst oder schon der Winter?

Diese Frage wird uns nur eine beantworten – die Zeit.

Bis wir darauf eine Antwort erhalten, sollten wir alle Jahreszeiten genießen, denn eine jede hat ihren eigenen Zauber!

@ Linda Marie Haupt

© Sunny Claire

Sie

Keiner weiß, wie lange sie schon dort sitzt, auf dem Boden, im weichen Moos. Über ihr ein schützendes Blätterdach vor dem Nass, das vom Himmel kommt. Erst sind es nur Regentropfen, die sich nun langsam zu Schnee wandeln. Der erste Schnee in diesem Jahr kommt früh, zu früh und bedeckt die kleinen zarten Waldblüten. Es wird kälter, der Atem zieht feine Nebelbilder vor ihrem Mund.

Mit dem Rücken an einem Baumstamm angelehnt, schaut sie mit halb geschlossenen Augen ihre Umgebung an. Kaum nimmt sie wahr, wo sie ist und vor allem, warum sie hier ist. Hier, in dem Wald, scheinbar so tief, dass kein Weg zu erkennen ist, fühlt sie sich doch so sicher.

Sie trägt ein langes Kleid aus Leinen, fein gewebt mit zarten Mustern. Hauchzarte silberne Fäden durchziehen den Stoff, sodass er wie der Mond zu strahlen scheint. Die Nacht schickt ihre Schatten voraus, doch kein Tier will sich zur Ruhe begeben.

Es liegt etwas in der Luft, das noch keiner nennen kann. Es ist ein Gefühl, ein Vibrieren, eine Ahnung. Sie lächelt, kaum sichtbar und weiß doch nicht warum. Ein Rascheln neben ihr verrät, das ein kleines Wesen sich anschleichen will. In diese Richtung schauend, streckt sie die Hand aus, um es dem Besucher leichter zu machen.

Dieses kleine Wesen hüpft auf ihre Handschale, die sich in Richtung ihres Gesichtes bewegt. Ohne Worte, in die Augen schauend und Verbindung aufnehmend mit der Seele, begrüßen sich zwei Wesen, die sich immer nahe waren. Weil in diesem Wald sich alle immer nahe waren und noch sind. Immer mehr kommen zu diesem Platz, der von der Natur eine besondere Energie geschenkt bekam. Keine Schneeflocke findet ihren Weg auf das Moos unter dem Baum. Der Wind zieht in einem großen Kreis seine Bahnen und sein Singen erfreut die

Gruppe, die immer größer wird. Keiner wurde gerufen und doch wissen alle, wohin sie gehen sollen und vor allem wann.

Dieses ›wann‹ ist ganz wichtig, denn heute, jetzt zu dieser Zeit, steht der Mond so, wie er noch niemals stand. Man sollte meinen, wenn es schneit, sind alle Wolken unter dem Himmel miteinander verbunden.

Das stimmt auch, aber nur für das menschliche Auge. Für die AndersWesen gilt ein anderes Gesetz. Die Wolken haben einen großen Platz am Himmel frei gelassen, um die Sicht auf den Mond freizugeben. Der Mond, Hüter der Nacht, schaut hinab auf die Erde zu diesem besonderen Platz, der gesegnet ist von Mutter Erde.

Er hat Anliegen, keine Botschaft und auch keine Bitte, heute nicht. Vater Mond ist da, um sich zu erfreuen an dem Anblick des Zusammenseins all dieser wundervollen Geschöpfe. Sie sammeln sich für einen so magischen Augenblick, jeder will dabei sein und jeder will seinen Segen geben. Den Segen für ein neues Leben, das sie in dieser Stunde auf diese Erde begleitet. In eine Zeit hinein, in der die Menschen sich mehr brauchen denn je.

Doch sie ist nicht nur ein Mensch, sie ist ein ZwischenWesen von hier und dort und sie selbst kann sich nicht entsinnen, in welcher Welt sie den ersten Atemzug machte. Das ist auch nicht wichtig. Wichtig ist jetzt der Moment, in dem sich kleine Augen öffnen und sehen können. Sehen mit der Seele, durch das Fenster der Augen. Alle Tiere rücken näher heran, ganz nah, so das kaum noch eine Ameise dazwischen passt. Liebe schenkend, Wärme spendend und Segen überreichend geht ein Raunen durch die Gruppe.

Sie, die Mutter dieses ZauberWesens lächelt und strahlt, wie ihr Kleid im Mondlicht leuchtet und schaut zum Himmel mit den Gedanken, das sie hier ein Weilchen bleiben wird. Hier im Wald, bei den Tieren und mit ihnen. Mit dem neuen Leben in ihren Armen beginnt nun auch für sie ein neues Leben.

© Conny Six

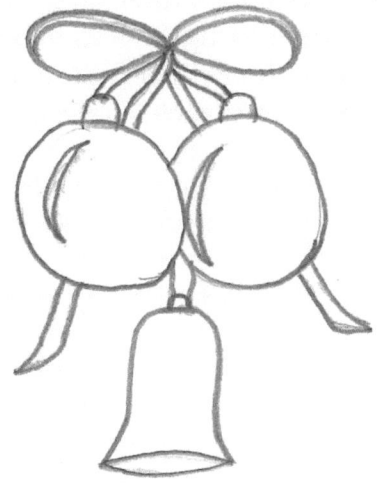

© Bianka Mertes

Wenn der Schneemann lacht

Wenn der Schneemann lacht,
ist der Winter erwacht.
Weiße Flocken fallen in Massen,
ein weißer Teppich liegt auf den Straßen.
Die Bäume und Wiesen bedeckt der Schnee auch
und aus den Schornsteinen qualmt grauer Rauch.
Die Menschen tragen warme Sachen,
darüber kann der Schneemann nur lachen.
Er trägt nur einen Hut auf seinem Kopf,
was anderes braucht er nicht aus Stoff.
Der Winter bringt uns so viel Spass.
Doch wenn der Schnee erst mal vergeht,
der Schneemann nicht mehr lange steht.

© Rosa Rike Bosbach

© Wiebke Worm

Der Frost

Die Blätter sind schon längst gefallen, die Farben des Herbstes haben ihr Bild gewandelt. Kein Blatt mehr am Baum, die Sträucher sind leer und auf den Wiesen kein Blümlein zu sehen. Der Nebel steigt auf und langsam legt sich der Frost auf die Erde. Wie ein weißer Schleier legt er sich auf Bäume und Sträucher.

Es wird kalt. Mein Atem wird sichtbar und dennoch genieße ich die Natur, die auch im Winter etwas Besonderes besitzt. Die Welt wirkt ein kleines Stück leerer, aber auch friedlich und sinnlich.

Der Frost schmückt die Natur, so das die Eiskristalle zu einem Schauspiel werden. Wenn der Frost einzieht und der Schnee leise fällt, dann sitze ich am Kamin, genieße die Wärme, die mein Haus erfüllt und die Ruhe, die in mir wohnt.

Ich lebe den Moment, genieße den Augenblick, während der Frost das Land beherrscht und der Winter Einzug nimmt.

© Nicole Franziska Horn

© Wiebke Worm

20

Ins Glück geschlittert

Ich war schon lange unterwegs. Die Straßen erwiesen sich als so glatt, dass ich für die kurze Strecke, die ich im Normalfall in dreißig Minuten zurückgelegt hätte, wahrscheinlich noch Ewigkeiten brauchen würde. Schritttempo war noch zu schnell. Zudem waren einige Rücksichtslose unterwegs, die meinten, ihnen könnte das alles nichts anhaben. Ganz Klasse, nur nicht auf andere achten und ein wenig Rücksicht walten lassen.

Gut, vielleicht lag es aber auch nur daran, dass ich gerade erst meinen Führerschein in der Hand hielt und das mein erster Winter war, in dem ich die Straßen unsicher machte. Ich war halt noch nicht so sicher wie die anderen. Aber das konnten sie schließlich nicht wissen. In weiser Voraussicht hatte ich davon abgesehen, einen Aufkleber am Auto anzubringen, auf den stand ›Vorsicht Anfänger‹. Man musste es ja nicht gleich jedem auf die Nase binden und peinlich war es obendrein.

Mein bester Freund Tobi hatte schon genug Witze gerissen. »Achtung, Melli macht ab jetzt die Straßen unsicher.« Oder noch besser: »Klappt die Bürgersteige hoch und bringt eure Kinder in Sicherheit.«

Klar, er meinte es nicht böse, das war mir bewusst, dennoch kratzte es ziemlich an meinem Ego und gab mir nicht gerade die Zuversicht, mich bei diesem Wetter auf die Straße zu trauen. Aber ich hatte keine andere Wahl. Mein Chef brauchte die Unterlagen, auch wenn das hieß, fast mitten in der Nacht ins Büro zu tuckern.

Aber auch wenn Tobi es nicht böse meinte, es stimmte mich wahnsinnig traurig. Schließlich hatte ich nach etlichen Jahren inniger Freundschaft bemerkt, dass ich mehr für ihn empfinde. Nur leider hatte ich nie den Mut aufgebracht ihm die Wahrheit zu sagen. Hin- und her gerissen von der Vorstellung, dass sich unsere Freundschaft dadurch in Nichts auflösen könnte. Bei aller Liebe, aber das brachte ich einfach nicht übers Herz. Ich wusste, was ich an ihm hatte, kannte seine Ecken und Kanten, genauso wie seine Liebreize. Deshalb schwieg ich, schloss die Gefühle in meinem Herzen ein, wo sie sicher aufbewahrt waren. So konnten sie nichts zerstören, was sich über Jahre aufgebaut hatte.

Es wurde langsam hell und das brachte die ganzen Ausmaße der Straßenbeschaffenheit ans Licht. Oh Gott, hätte ich das vorhergesehen, hätte mein Chef sich die Akten sonst wo hin stecken können. Ich hatte den Job zwar gerade erst angenommen, doch dieses Chaos war einfach unmenschlich. Und ich riskierte ungern mein Leben für einen Haufen Papier und das auch noch ein paar Tage vor Weihnachten.

Hochkonzentriert fuhr ich weiter, versuchte, alles im Überblick zu halten. Meiner Mutter hatte ich einen Zettel hingelegt, damit sie wusste, wohin ich überhaupt unterwegs war und sich keine Sorgen machen musste. Doch das würde sich in Luft auflösen, sobald sie aus dem Fenster gucken würde.

Ich klebte mit meinem Gesicht förmlich an der Frontscheibe und hielt den Blick sturheil auf die Straße gerichtet, als ich aus den Augenwinkeln im Außenspiegel einen Wagen heranrasen sah. Der meinte wohl, sich inmitten einer Eis-Ralley zu befinden oder was? Er kam näher, schnell, viel zu schnell.

Ein weiterer Wagen tauchte auf und es hatte den Anschein, als würde er dem Drängler folgen, der zu allem Überfluss an meiner Stoßstange hing und fleißig die Lichthupe betätigte. Verdammt, ich wusste nicht mehr, was ich machen sollte. Ich war nervös und in meinem Bauch zog sich aus Panik alles zusammen. Wenn er noch näher kam, würde er mir im Kofferraum sitzen. Wie von alleine drückte mein rechter Fuß auf das

Gaspedal, nur um wieder etwas Abstand zwischen uns zu bringen. Ich spürte, wie meine Reifen durchdrehten und den Halt zur Straße verloren, anscheinend hatte ich es doch zu gut gemeint und zu viel Gas gegeben.

Offensichtlich war ich ihm trotz allem noch zu langsam, jedenfalls musste er in einem rasanten Tempo nach rechts ziehen und streifte beinahe mein Heck. Die Panik, die in diesem Moment in mir aufstieg kann sich kein Mensch vorstellen. Krampfhaft hielt ich das Lenkrad fest, und versuchte, nicht nach links wegzuziehen. Mein Herz klopfte mir bis zum Hals und das Blut rauschte in meinen Ohren.

Aus den Augenwinkeln bekam ich gerade noch mit, wie der Typ neben mir ins Schlittern geriet, versuchte, den Wagen wieder unter Kontrolle zu bekommen und fast vor mir ins Schleudern kam. Im gleichen Moment überholte mich der zweite Wagen, den ich vorher nicht genau erkennen konnte. Doch je näher er sich an meine rechte Seite schob, beschlich mich ein seltsames Gefühl. Dieser Wagen, schien dem von Tobi wie ein Ei dem anderen zu gleichen.

Dann ging alles sehr schnell. Der Wagen, der Tobis glich, schob sich vor meine Front und hielt so den Raser davon ab, mit meinem Wagen zu kollidieren. Im Gegenzug prallte er in Tobis Fahrerseite und die beiden Fahrzeuge kamen mit einem lauten Knall im Graben zum Stehen. Dann sah ich das Nummernschild und es gab keinen Zweifel mehr. Es war Tobi. Irgendwie hatte ich es geschafft, meinen eigenen Wagen zum Stehen zu bringen, auch wenn ich mir nicht sicher war wie.

Ich saß geschockt hinter meinem Lenkrad und schnappte panisch nach Luft. Mein Herz würde sich wahrscheinlich bei diesem Tempo bald verabschieden und meine zitternden Hände umgriffen das Lenkrad, als wollte ich es zerdrücken. Die Knochen meiner Hände traten schon weiß hervor.

Langsam zwang ich mich, ruhiger zu werden und starrte auf die beiden Wagen, deren Insassen noch immer nicht ausgestiegen waren. Tief durchatmend hatte ich mich endlich soweit unter Kontrolle, dass ich es schließlich schaffte, mich abzuschnallen und die Tür zu öffnen. Mit zittrigen Beinen und wie in Trance steuerte ich auf die Fahrzeuge zu. Kurz bevor ich Tobis Wagen erreicht hatte, stieg ein junger Kerl, ich schätzte ihn etwas älter als mich selbst, mit blutender Kopfwunde stöhnend aus seinem Wagen. Nur aus Tobis Wagen hörte ich noch immer keine Reaktion.

Der Typ brach unter Stöhnen zusammen, doch mich interessierte jetzt nur noch Tobi. Nachdem ich den Wagen nach einer gefühlten Ewigkeit endlich erreicht hatte, riss ich nur noch die Beifahrertür auf und blickte auf den Mann, der mein Herz immer höherschlagen ließ. Tränen bahnten sich den Weg aus meinen Augen. Sein Körper hing zusammengesackt im Gurt und ich war mir nicht sicher, ob er überhaupt noch atmete.

In meiner Panik kletterte ich auf den Beifahrersitz und versuchte, seine Aufmerksamkeit zu erlangen, indem ich mit ihm sprach aber nichts. Nicht die kleinste Rührung seinerseits. Ich zwang mich erneut zur Ruhe und mir die Sachen aus dem Erste-Hilfe-Kurs wieder ins Gedächtnis zu rufen. Nach tiefem durchatmen, öffnete ich seinen Gurt und er sackte mit seinem Oberkörper auf meinen Schoß. Okay, kein Zeitpunkt um in Panik zu verfallen. Alles würde gut werden.

»Tobi, hörst du mich?« Langsam strich ich ihm durch die Haare und versuchte, meine Nervosität irgendwie in den Griff zu bekommen.

»Tobi, bitte sag etwas, sprich mit mir.« Meine Tränen rannen die Wangen hinunter. Ich konnte noch immer nicht verstehen, warum er sich am frühen Morgen ausgerechnet in dieser Gegend befunden hatte. Er war kein

Frühaufsteher und schon gar nicht um diese Uhrzeit, es sei denn, es gab etwas wichtiges zu erledigen. Verdammt, warum sprach er nicht mit mir? Eine Wunde hatte ich jedenfalls nicht entdeckt und atmen tat er. Bitte, wach endlich auf.

»Tobi, sonst bekommst du doch den Mund nicht zu. Also rede mit mir. Bitte, ich verspreche dir auch, nie wieder mit dir um deine Meinung zu streiten. Okay, vielleicht nicht immer, aber bitte wach endlich auf.« Er hustete, doch die Augen blieben noch immer geschlossen.

Von draußen hörte ich das Jammern dieses Kerls, der das alles verursacht hatte. Das alles hätte noch viel schlimmer ausgehen können, und das nur, weil der Kerl meinte, er wäre auf einer Rennstrecke unterwegs.

In meinem Kopf schwirrten die wildesten Gedanken umher, bis hin, dass Tobi vielleicht gar nicht mehr aufwachen würde. Ein kalter Schauer lief mir bei diesem Gedanken über den Rücken. Ich war nicht bereit ihn aufzugeben. Ich hatte ihm noch nicht einmal gesagt, was ich für ihn wirklich empfinde.

Wieder liefen die Tränen, als hätte jemand einen Hahn aufgedreht. Und dann sprudelten die Worte einfach aus meinem Mund.

»Verdammter Trottel, wach endlich auf. Was soll ich denn machen, wenn es dich nicht mehr gibt? Ich verbiete dir aufzugeben, solange ich dir nicht gesagt habe, dass ich dich liebe.« In meiner unendlichen Wut und Trauer, trommelte ich auf seinen Brustkorb ein, bis er erneut hustete und ich vor lauter Schreck innehielt.

»Schlägst du immer verletzte Leute?«

Erleichtert hielt ich die Hände vor den Mund, um nicht laut loszuschreien. Endlich öffnete er die Augen und blickte mich nachdenklich an.

»Nur, wenn sie meinen, sie müssten mir keine Antwort geben. Verdammt, du hast mir einen wahnsinnigen

Schrecken eingejagt.« Ich schloss die Augen und atmete erleichtert aus. Es ging ihm gut und das war alles, was gerade zählte.

Nachdem ich die Augen wieder öffnete, sah ich das Blaulicht. Feuerwehr und Rettungswagen versammelten sich neben der Unfallstelle. Ich hatte in meinem Eifer nicht mitbekommen, dass ein weiteres Auto angekommen war und die Fahrerin die Rettungskräfte angerufen hatte. Ich hatte nur Augen für den Mann, der in meinem Herzen war.

Im Krankenhaus stellte man dann schließlich fest, dass er sich nur den Kopf gestoßen hatte und mit einer leichten Gehirnerschütterung davongekommen war. Was ihm allerdings überhaupt nicht passte; er musste eine Nacht dortbleiben.

»Die übertreiben echt, mir geht es doch gut.«

»Du warst bewusstlos, normal, dass sie dich beobachten wollen. Stell dich nicht an wie ein kleines Kind«, wetterte ich.

»Wolltest du nicht mehr meine Meinung anzweifeln? Oder habe ich das nur geträumt?« Sein Blick fixierte mein Gesicht, das langsam so weiß wie die Wand des Zimmers wurde. Hatte er das wirklich alles mitbekommen? Ich dachte die ganze Zeit, dass er ohnmächtig ...

»Du bist so hinterlistig, weißt du das? Wann bitte bist du wach geworden?« Nervös spielte ich mit meinen Händen. Wie viel hatte er wirklich gehört? Ich kam mir gerade wie der Depp der Nation vor.

Seine Augen verzogen sich zu schmalen Schlitzen, während er meine Reaktionen beobachtete. Ich wurde immer nervöser.

»Ich kann mich nicht an alles erinnern, wenn du das meinst.« Ich atmete erleichtert aus.

»Das ist gut.«

»Gut? In welcher Hinsicht?« Tobi sah mich erstaunt an.

»Na ja, ich habe viele Sachen gesagt, die dich verletzt haben könnten.« Das schelmische Lächeln auf meinem Gesicht verzog sich schnell wieder, nachdem er einen Mundwinkel in die Höhe zog. Mir wurde auf der Stelle klar, dass er alles mitbekommen hatte. Ein ungutes Gefühl breitete sich in meinem ganzen Körper aus, mein Herz raste vor Furcht und ließ meine Hände zittern. Ich glaube, in diesem Moment machte ich der Wand gerade echte Konkurrenz. Panisch sprang ich auf und schnappte meine Tasche.

»Ich muss jetzt los, wir sehen uns dann morgen.« Es war eine Ausrede ja, aber ich wollte nur so schnell wie möglich aus diesem Zimmer. Ich hatte ihm in einem Moment der Verzweiflung mein Herz ausgeschüttet und hatte jetzt Angst vor der Reaktion. Ich hatte Angst, ihn komplett zu verlieren. Besser als Freund, als ihn nie wieder sehen zu können. Wie konnte ich nur so dumm sein.

Doch bevor ich die Flucht ergreifen konnte, hielt er meine Hand fest und zog mich mit einem Ruck auf sein Bett und auf sich. Mir blieb ein Schrei im Hals stecken, während er mein Gesicht ganz genau begutachtete. Mein Herz hämmerte so laut, dass ich es selbst hören konnte.

»Erkläre mir noch einmal ganz genau, was du mir an den Kopf geschmissen hast.« Sein fieses Grinsen ließ keinen Zweifel mehr daran, dass er es ganz genau wusste.

»Nichts Wichtiges«, meinte ich so gleichgültig, wie es nur ging. Mich beschlich ein Gefühl, dass er sich gleich über mich lustig machen würde. So war Tobi eben, er nahm nichts ernst in seinem Leben.

»Ich meine, ich hätte da noch etwas gehört, was ich nicht ganz verstanden habe. Könntest du das bitte noch einmal wiederholen?« Er zog mein Gesicht näher an seins heran und mein Herz machte gerade, was es wollte, nur nicht mehr gleichmäßig schlagen. Wenn das so weiter ginge, wäre ich einer Ohnmacht nahe.

»Wie ich schon gesagt habe, waren das alles nur Kraftausdrücke, die ich hier ungern wiederhole.« Ich lächelte verlegen meine Nervosität weg, mit mäßigem Erfolg. Tobi legte den Kopf schief und lachte leise auf. Er hatte mich schon längst durchschaut, also warum sagte er nicht einfach, dass ich nicht die Richtige für ihn bin. Ich wusste es ja von vorne herein. Es war eine Schnapsidee, aber mein Herz hatte sich ganz alleine entschieden. Ihn oder keinen.

»Okay, dann werde ich dir wohl ein wenig auf die Sprünge helfen müssen.« Ich blickte ihn warnend an, dennoch konnte er es sich nicht verkneifen, meinen Kopf zu sich heranzuziehen, und seine Lippen auf meine zu drücken. Zuerst stellte ich geschockt das Atmen ein und starrte mit weit offenen Augen auf das Kissen, auf dem sein Kopf lag. Erst als er mich frei gab, wollte ich aufspringen und hielt mir erschrocken die Hand auf den Mund.

»Und fällt es dir jetzt wieder ein oder soll ich noch einmal nachhelfen?« Er sah so vergnügt drein, dass ich ihm am liebsten eine runtergehauen hätte.

»Du ..., du ...« Ich wollte ihn beschimpfen, ihn schlagen und ihn am liebsten erwürgen, aber das Einzige, was ich tat, war weinen und schluchzen.

Tobi nahm mein Gesicht in beide Hände und sah mich plötzlich so ernst an, dass mein Herz einen kleinen Moment seinen Dienst versagte. Erst als er sprach, raste es erneut wie ein Presslufthammer.

»Weißt du eigentlich, wie lange ich schon auf diese Worte gehofft habe? Ich wusste es schon lange, aber wollte warten, bis du es von dir aus sagst.« Er strich mir die Tränen aus dem erstaunten Gesicht und setzte erneut ein kleines Lächeln auf.

»Deshalb sag es mir bitte noch einmal, damit ich sicher bin, mich nicht verhört zu haben.« Ich schluchzte erneut und nahm all meinen Mut zusammen.

»Ich liebe dich.« Tobi schloss die Augen und atmete tief durch, bevor er mich ernst ansah.

»Ich liebe dich auch.« Eine Antwort konnte ich nicht mehr geben, denn der Kuss, der dann folgte, ließ all meine Sinne dahinschwimmen.

Wie sich später herausstellte, hatte meine Mutter ihn an diesem Morgen angerufen, weil sie Angst um mich hatte bei diesem Wetter alleine unterwegs zu sein. Tobi hatte nichts besseres zu tun, als sich in seine Klamotten zu schmeißen und mir zu folgen. Den rasenden Wagen hatte er abgedrängt, bevor er in mich hineinschleudern konnte, weil er Angst um mich hatte. Seine Liebe zu mir, brachte ihn zu dieser idiotischen Idee.

Dennoch hätten wir uns beide wahrscheinlich nie die Wahrheit gestanden, wenn sich nicht ein Fremder in unsere Leben eingemischt hätte.

Und zum ersten Mal feierten wir Weihnachten nicht als Freunde zusammen, sondern als ein liebendes Paar, das glücklicher nicht hätte sein können.

© Bianka Mertes

Jahreszeit der Ruhe

Langsam fallen die Blätter von den Bäumen und das Laub bedeckt die Erde. Der Himmel ist grau und Nebel steigt auf in die Luft. Der Sommer vergangen und die satten grünen Wiesen sind jeden Morgen mit Frost benetzt. Die Tiere der Natur suchen ihren Unterschlupf und ich sitze am Kamin, wärme mir die Hände und die kalten Füße. Herbst und Winter scheinen sich in diesem Jahr zu vermischen. Bereits im September fiel der erste Schnee und ich traute meinen Augen nicht.

Gehofft hatte ich auf einen goldenen Oktober, doch die Sonne versteckte sich und die tollen Farben des Herbstes sind vom Frost bedeckt.

Doch freue ich mich sehr auf diese Zeit, eine Zeit der Gemütlichkeit, in der die Kerzen brennen und der Tee im Haus duftet. Ich gestalte mein Heim der Jahreszeit angepasst und freue mich jeden Tag nach Hause heimkehren zu können.

In ein Zuhause, das mir Sicherheit und Geborgenheit schenkt. Ich sitze in meinem Schaukelstuhl, blicke aus dem großen Fenster und spüre die Dankbarkeit in mir, das ich gesund bin und die Jahreszeiten beobachten kann. Sie sind Teil unseres Lebens und als diese sollten wir sie sehen.

Ich genieße die Stille beim Blick aus dem Fenster, denn sie ist da, die Jahreszeit der Ruhe.

© Nicole Franziska Horn

Der kleine Drache Niro und seine erstaunlichen Erkenntnisse in der Galaxie

Vor langer Zeit lebte ein kleiner Drache namens NIRO in einer von uns weit entfernten Dimension, das heißt in einer anderen Galaxie. Auch er feierte Weihnachten, denn sein Leben dort funktionierte so ähnlich wie bei den Menschen hier auf der Erde. Er war in der Adventszeit immer sehr aufgeregt, weil es gab VIELES in seiner Familie zu organisieren. Die Drachenmama hatte schon viel gebacken, Kekse, Stollen und so mancherlei anderes Gebäck. NIRO schaute sich das ganze Spektakel immer sehr aufmerksam an. Er hatte sich vorgenommen, wenn er einmal groß ist, wie die anderen Drachen, dann möchte er auch solche Kekse und Stollen backen können. Als er nun dabei war, seiner Drachenmama beim Plätzchen ausstechen zu helfen, fragte er sie:

»Mama, ich möchte dich was fragen. Ja, meinst du … die Menschen auf der Erde würden mich verstehen, wenn ich zu ihnen sprechen könnte.«

Da antwortete die MAMA des kleinen NIRO:

»Ja … das ist so. Aber bis dahin darfst du noch ein bisschen wachsen. Wenn du groß bist, kannst du zu den Menschen auf der Erde sprechen.« Hm, damit wollte sich NIRO nicht zufrieden geben.

»Ich kann es machen, wenn ich groß bin, aber erzähle mir schon mal, wie es geht.« Die Mutter war schon etwas verwundert über das Bohren des kleinen NIROS. Aber da sie ja beide in der Plätzchen-Bäckerei ohnehin zusammen waren, erklärte sie es sehr geduldig dem kleinen Drachen.

»Also, du musst wissen, dass es auf der Erde auch Menschen gibt, die sehr sensitiv und intuitiv sind. Diese Menschen haben einen sogenannten guten Draht nach OBEN! Währenddessen sie meditieren, kommen ihr Körper, ihr

Geist und auch ihre Seele zur Ruhe. Nur dadurch sind sie in der Lage, feine Frequenzen wahrzunehmen. Durch diesen entspannten Zustand können sie aus ihrer Wahrnehmung heraus mit ihrer Seele oder auch mit ANDEREN aus entfernten Dimensionen oder Galaxien sprechen.« Für NIRO klang das ganz spannend.

»Aber es gibt doch auch ein Telefon auf der Erde. Warum kann ich die Menschen dort nicht über das Telefon erreichen.«

»Nein mein lieber NIRO, das geht nicht. Es geht nur von uns aus über die Stille im meditativen Zustand.«

»Hast du das schon mal ausprobiert?«

»Ja, natürlich mein Sohn … das habe ich. Und die Menschen auf der Erde haben mir auch zuhören können und wir haben uns unterhalten.«

»Was gibts da schon großes zu berichten von uns?«

»Vieles, denn es gibt auch etwas, was die Menschen auf der Erde sehr bewegt. Es ist das Thema der LIEBE. Viel Hass, Wut und Ärger herrschen auf den Planeten Erde. Da darf etwas geschehen. Die Menschen auf der Erde werden in nächster Zeit ganz neue Wege einschlagen. Sie kommen mit den alten Strukturen nicht mehr weiter. Hier gilt Handlungsbedarf. Ein neues Umdenken ist angezeigt. Ein Umdenken hin zu mehr Liebe, Toleranz und Akzeptanz eines JEDEN. Das ist ein sehr großes THEMA und der Planet Erde bewegt sich in ein neues Bewusstsein hinein, sozusagen.

Aber nun mein lieber NIRO ist es Zeit, die letzten Plätzchen auszustechen. Morgen ist Nikolaustag und ich möchte noch ein kleines Geschenk an die Tagesstätte für kleine Drachenkinder abgeben. Ich hatte es dort versprochen.« NIRO wackelte hin und her, und plötzlich hatte er eine IDEE.

»Mama, ich werde, wenn ich groß bin, mich mit den Menschen auf der Erde verbinden und mit Ihnen reden.

Vielleicht kann ich denen auch ein bisschen helfen. Denn helfen tust du ja den kleinen Drachenkindern auch.«

»So und nun machen wir beide uns einen Plan, wie wir mithilfe der Engel die Geschenke verteilen können. NIRO es gibt viel zu tun.«

© Veronika Broszinski

© Bianka Mertes

Weihnacht auf canadisch

Ich lebte einst ganz weit entfernt in einem fernen Lande. Canada, so hieß das Land und Winter war so wunderbar. Der erste Schnee ganz leise fiel, und zauberte in kurzer Zeit ein Land in weißer Pracht. Mit Stiefeln und langem Mantel stapfte ich durch die dicke Schneedecke.
Er knirschte und die Zauberflocken legten die Natur in ein Winter-wonder-land. Fast täglich schien die Wintersonne herab vom blauen Himmelszelt.
Die klirrende Kälte ließ Froststerne wachsen an Baum und Strauch. Geschmückte Häuser und Städte erinnerten daran, es ist Weihnachtszeit! Kinder lachten und freuten sich auf den Weihnachtsmann. Das Strahlen der Kinderaugen ließ mein Herz lächeln, als der Weihnachtsbaum geschmückt im Zimmer stand. Doch anders als im deutschen Lande war der canadische Weihnachtsabend.
Im Pyjama frech und lieb, die Kinder stellten Kekse unter den Baum, Santa Claus der Weihnachtsmann wird sie essen voller Freude, wenn er bringt Geschenke für die Kleinen. Die Kinder schlafen friedlich sanft bis der Morgen anbricht.
Oh, welche Freude dies nun ist, die Kinder öffnen ihre Augen, voller Glück und aufgeregt springen sie aus dem Bette, spurten runter zu dem Baume, um Geschenke auszupacken. Kinderaugen strahlen fröhlich im canadischen Winterland.
Weihnachten läuft doch ganz anders und dennoch ist die stille Zeit am Ende gleich wie überall auf der Erde. In Canada, ich lebte einst und liebte dort die Weihnachtszeit.

© Nicole Franziska Horn

© Bianka Mertes

Oh, du Schreckliche

Der Weihnachtsbaum mehr schief als krumm,
die Kinder sitzen verstört herum.
Die Gans verbrannt, der Opa raucht,
Tochter Kati hat sich den Fuß verstaucht.

Kerzenwachs kleckert auf den trockenen Kuchen,
hoffentlich kommt die Tante uns nicht besuchen.
Der Wein schmeckt sauer, die Nüsse alt,
Mariechen verkündet, sie hat sich verknallt.

Der Mann sei nun fort, bald kommt ein Kind,
Mutter denkt, das Mädel spinnt!
Bratapfelduft zieht durch das Haus,
die Küche sieht verwüstet aus.

Vater schimpft, das kann doch nicht sein,
da fängt die Jüngste an zu schreien.
Sohn Micha feuert den Ofen an im Haus,
Opa schwitzt, zieht sich die dicke Wolljacke aus.

Verstimmt lässt er den Sektkorken knallen
und Oma vor Schreck die Maschen fallen.
Die Geschenke zu klein, zu groß und zu bunt,
der mürrische Nachbar kommt mit seinem Hund.

Die Freude im Eimer, der Frieden dahin,
ein missglücktes Fest ist wirklich schlimm.
Doch wenn die Kerzen am Baume brennen,
lässt sich der alte Weihnachtsglanz erkennen.

© Sunny Claire

© Wiebke Worm

Warum in Waldberg das Christ-
kind am 27. Dezember kommt

Früher wurde in Waldberg Weihnachten, wie überall, am 24. Dezember gefeiert. Man stellte einen Baum auf, schmückte ihn liebevoll, und am Abend wurden die Kinder nach draußen geschickt, um das Christkind hereinlassen zu können. In Waldberg brachte nämlich das Christkind die Geschenke. Das Christkind stellte man sich als wunderschöne Frau mit langen, goldenen Haaren und einem bis zum Boden reichenden, silbern schimmernden Gewand vor. Wenn das Glöckchen läutete, durften die Kinder wieder hereinkommen und blickten dann mit großen, strahlenden Augen auf die wunderbaren Geschenke, die das Christkind gebracht hatte. Nachdem die Geschenke ausgepackt und ausgiebig bewundert waren, ging man noch gemeinsam in die Kirche, bevor der Tag ein Ende fand.

Irgendwann - wann genau weiß heute niemand mehr - kam jemand auf die Idee, Weihnachten gemeinsam im Dorf zu feiern. Die Idee wurde begeistert aufgenommen und seit jenem Jahr feierten alle Einwohner von Waldberg gemeinsam Weihnachten. Die ersten Jahre wurde der gemeinschaftliche Weihnachtsbaum noch im Dorf selbst aufgestellt, aber bald fand er seinen Platz neben der kleinen Kapelle auf dem Vorberg. Zu der Kapelle führte eine lange, in den Fels gehauene Treppe hinauf und von dort oben hatte man einen herrlichen Ausblick über das Dorf und das lang gestreckte Tal, in dem es lag. Direkt hinter der Kapelle erhob sich steil eine Felswand, die zum Gipfel des Hochberges führte, doch der Platz vor der Kapelle war ausreichend groß für den Weihnachtsbaum und alle Einwohner von Waldberg. Und für die Kinder war es jedes Mal etwas ganz Besonderes, im Fackelschein zur Kapelle hochzulaufen und ihre Geschenke unter dem großen Weihnachtsbaum zu suchen, den die Erwachsenen zuvor in Gemeinschaftsarbeit aufgestellt und geschmückt hatten.

Am Tag vor der großen Feier durften die Kinder nicht auf den Berg steigen und in gemeinschaftlicher Aufregung lungerten sie am Fuß der Treppe herum, um zu sehen, was die Erwachsenen hinauftrugen. Sie rätselten, was in den geheimnisvollen Schachteln und Taschen war, und warum denn gar so viele schwere Kisten hinauf geschleppt wurden, obwohl der Baumschmuck doch viel weniger Platz beanspruchte und bestimmt nicht schwer war. Jedes Jahr versuchten einige Kinder, mit Ferngläsern einen Blick auf den Baum zu werfen, aber vom Tal aus konnte man nur die obere Hälfte davon sehen - auch das Christkind war zu ihrem Leidwesen nie zu entdecken.

Die Kapelle hatte eine eigene Glocke und wie früher auch, ertönte Glockengeläut, wenn das Christkind gekommen war und seine Geschenke verteilt hatte. Die Kinder stürmten dann die Treppe hinauf und bewunderten atemlos den wunderbaren Baum und die vielen Geschenke.

Aber nie sahen sie das Christkind und nie fanden sie heraus, wie es das Christkind fertigbrachte, die vielen Geschenke auf den Vorberg zu bringen und unter den Baum zu legen.

Die Treppe war der einzige Weg nach oben, also musste das Christkind auch die Treppe benutzen. Vielleicht gab es einen Zauber, der es unsichtbar machte? Die meisten Kinder glaubten jedenfalls eher an ein unsichtbares Christkind als an ein fliegendes - Flügel hatte es, so wie es sich die Menschen vorstellten, jedenfalls nicht. Außerdem war Fliegen Sache der Engel und diese hatten dafür natürlich Flügel!

So dachten auch Rudi und Josef und heckten einen Plan aus, wie sie das Christkind vielleicht doch einmal zu Gesicht bekommen könnten.

Als es wieder einmal soweit war und die Erwachsenen den schweren Baum nach oben trugen, schlichen sich die beiden unbemerkt, wie sie glaubten, hinterher. Auf halber Höhe gab es neben der Treppe eine kleine Nische im Fels, in der sie sich versteckten. In der allgemeinen Betriebsamkeit des Weihnachtstages schien ihr Verschwinden nicht weiter aufzufallen. Am Abend, als es dunkel wurde und alle Erwachsenen hinauf gestiegen waren, verließen sie ihr Versteck und verstreuten eine Tüte Erbsen auf den Treppenstufen. Dann legten sie sich in der Nische auf die Lauer. Bald begann dichter Nebel die Treppe heraufzuziehen. Er glitzerte geheimnisvoll im Schein der Fackeln, die entlang der Treppe aufgestellt worden waren. Rudi und Josef hielten den Atem an. Verbarg sich darin das Christkind?

Plötzlich holterte und polterte es auf der Treppe. Zugleich begann sich auch der Nebel aufzulösen. Die Kinder reckten den Hals, aber es war nichts zu sehen. Gar nichts, kein Christkind, keine fallengelassenen Geschenke - nichts. Die Zeit verging, doch nichts rührte sich mehr. Schließlich begann es die beiden zu frieren. Aber sie trauten sich nicht hinunter - jeder hätte sie sehen können. Endlich hörten sie wieder Schritte. Kam jetzt das Christkind? Aber die Schritte kamen von oben: Die Erwachsenen kamen herunter. - Und keine Glocke hatte die Kinder gerufen!

Rudi und Josef konnten sich erst hinunter schleichen, als die Erwachsenen alle vorbei waren. Seltsamerweise ohne auf die Erbsen getreten zu sein oder diese überhaupt bemerkt zu haben. Noch auf der Treppe unterwegs, konnten sie nicht hören, was die Erwachsenen den anderen Kindern sagten, aber sie wussten es auch so: Das Christkind war nicht gekommen. Es gab keine Geschenke! Die Kinder waren maßlos enttäuscht und die kleineren unter ihnen, begannen herzzerreißend zu weinen. Schuldbewusst und völlig durchfroren schlichen sich Rudi und Josef nach Hause.

In dieser Nacht schliefen sie schlecht, und besonders Rudi fand keine Ruhe. Als der neue Morgen schon dämmerte, hatte er eine Idee. Aufgeregt zog er sich an und schlich sich davon. Er lief zum Haus, in dem Josef lebte und weckte ihn mit Schneebällen, die er an sein Fenster warf. Nach dem vierten Schneeball öffnete Josef endlich das Fenster.

»Was willst du?«, rief er leise herunter.

»Zieh dich an! Wir müssen zum Christkind!«, flüsterte Rudi zurück.

»Aber das ist doch weg!«

»Ich weiß, aber ich hab eine Idee! Beeil dich!«

Josef konnte sich nun gar nicht vorstellen, was für eine Idee Rudi haben könnte - schließlich war das Christkind weg, und weg ist weg - aber er zog sich an und schlich sich aus dem Haus.

»Pass auf«, erklärte Rudi aufgeregt, »wir müssen nur weit genug nach Westen gehen, dann erwischen wir das Christkind noch und können es um Verzeihung bitten. Vielleicht kommt es dann zurück!«

»So ein Unsinn!«, widersprach Josef. »Wieso sollen wir nach Westen gehen? Und wie willst du das Christkind überhaupt finden?«

»Ganz einfach: Mein Papa hat gesagt, dass es auf der Erde Zeitzonen gibt und wir an der Grenze zu einer leben; wenn wir uns beeilen und nach Westen gehen, ist dort noch der 24. Dezember - also ist das Christkind dort noch da!«

Rudi hatte natürlich keine Ahnung davon, wie schnell man in Wirklichkeit sein musste, um die Datumsgrenze zu erreichen, aber Josef leuchtete seine Erklärung ein. Es blieb nur noch die Frage zu klären, wie Rudi das Christkind finden wollte.

»Das ist schwieriger«, gab dieser zu. »Papa sagt, wenn das Christkind vom Himmel herabkommt, landet es auf dem höchsten Berg - und von dort geht es auch wieder zurück in den Himmel. Wir müssen auf den höchsten Berg steigen, den wir finden können!«

»Der höchste Berg im Westen ist der spitze Kegel«, wusste Josef. »Aber meine Mama hat gesagt, dass der mindestens dreitausend Meter hoch ist!«

»Ich weiß«, meinte Rudi. »Aber wir sind Schuld daran, dass das Christkind nicht gekommen ist und das müssen wir irgendwie wieder gut machen.«

Josef überlegte. »Du hast recht. Aber wir müssen Proviant mitnehmen - und warme Sachen: Dort droben ist es ziemlich kalt; manchmal bis minus vierzig Grad, hat Mama gesagt.«

Rudi nickte. »Daran habe ich gar nicht gedacht. Ich lauf sofort los. - Treffen wir uns am Ortsschild?«

Josef war einverstanden und so geschah es, dass sich Rudi und Josef auf den langen Weg zum spitzen Kegel machten, um das Christkind um Verzeihung zu bitten.

Es ist nicht bekannt, wie die beiden es geschafft haben, den richtigen Weg zum Gipfel des spitzen Kegels zu finden. Aber es ist ihnen gelungen, denn als man sie schließlich hoch oben im Berg fand, fehlten zum Gipfel nicht einmal hundert Meter. Und es war wirklich ein Glück, dass man sie überhaupt gefunden hatte, denn eigentlich war Wind und Schneefall für den Tag vorausgesagt worden. Aber wunderbarerweise war es weder windig, noch fiel eine einzige Schneeflocke vom Himmel; so konnte man ihren Spuren im Schnee mühelos folgen - nachdem man sie einmal gefunden hatte. Hätte es geschneit, oder wäre es auch nur ein bisschen windig gewesen, hätte niemand ihren Spuren folgen können und die beiden wären für immer im ewigen Eis des spitzen Kegels verloren gewesen; zumal Rudi und Josef schon einige Stunden nach Westen unterwegs gewesen waren, ehe man im Dorf angefangen hatte sich Sorgen zu machen.

Es war natürlich aufgefallen, dass sie nicht zum Frühstück erschienen waren. Aber die beiden waren nicht die einzigen: Am Abend des Vierundzwanzigsten wurde es immer sehr spät und so mancher verzichtete am nächsten Morgen auf das Frühstück, um sich erst einmal richtig auszuschlafen. Einige Kinder - vor allem die älteren - frühstückten auch unterm Weihnachtsbaum; war der doch mit Lebkuchen und anderen Süßigkeiten geschmückt. So begann man sich erst Sorgen zu machen, als die beiden auch am Mittagstisch nicht auftauchten.

Anfangs fragten die Eltern bei Nachbarn und Freunden nach, aber bald breitete sich die Nachricht von Rudis und Josefs Verschwinden wie ein Lauffeuer im Dorf aus.

Alle Männer des Dorfes zogen los, um die beiden zu suchen. Nach zwei Stunden ergebnisloser Suche rund um das Dorf kam endlich die Nachricht, dass man zwei Paar Fußspuren gefunden hatte, die schnurstracks nach Westen führten. Sofort machte sich ein kleiner Suchtrupp auf den Weg, ihren Spuren zu folgen, während sich die Mütter und ein Großteil der Dorfbewohner in der Kirche versammelten, um für den Suchtrupp und die beiden Kinder Gottes Beistand zu erbitten.

Es wurde eine lange Zeit des bangen Wartens für die Bewohner von Waldberg, denn der spitze Kegel liegt mehrere Stunden Fußmarsch vom Dorf entfernt. Und als die Männer endlich zurückkehrten, dämmerte schon der Morgen des zweiten Weihnachtsfeiertages.

Sie waren in der Nacht mit Fackeln auf den spitzen Kegel gestiegen und hatten die beiden Kinder schließlich auf einem kleinen Felsvorsprung gefunden, eng aneinandergeschmiegt und völlig durchfroren. Man wickelte sie in Decken und brachte sie eilends den langen Weg zurück nach Waldberg, wo sie mit großem Jubel empfangen wurden.

Als man die Kinder nach Hause gebracht hatte, erzählten sie den Eltern die Geschichte von ihrem Versuch, das Christkind um Verzeihung zu bitten. Die Erzählungen waren etwas verworren und jedes berichtete etwas anderes über die Ersteigung des Berges. Aber in einem Punkt stimmten die Geschichten überein:

Dass plötzlich ein Schauer von Sternschnuppen auf sie herabgeregnet war, als sie kurz vor dem Gipfel nicht mehr weiter wussten, und dann ein Engel erschienen war. Er hätte ihnen verkündet, wenn die Glocke der Kapelle läutete, sollten alle Kinder von Waldberg zum Weihnachtsbaum kommen. Danach unterschieden sich ihre Erzählungen wieder. Rudi erzählte etwas von einem Schneesturm, Josef von einer Lawine. Für beides hatten die Männer keine Anzeichen gefunden, denn die Fußspuren der Kinder waren sogar im schwachen Licht der Fackeln deutlich zu sehen gewesen. Auf jeden Fall hatten diese in der aufkommenden Dunkelheit die Orientierung verloren und sich auf den kleinen Felsvorsprung geflüchtet, auf dem man sie gefunden hatte.

Alle waren froh über den glücklichen Ausgang ihres Abenteuers, wenn auch niemand die Geschichte mit dem Engel glauben wollte. Nachdem den beiden außer einer Erkältung nichts Ernsthaftes fehlte, ging man im Dorf wieder zur Tagesordnung über und die ausgefallene Weihnachtsbescherung war fast vergessen. Doch dann geschah etwas Merkwürdiges:

Am Abend des siebenundzwanzigsten Dezembers begann plötzlich die Glocke der Kapelle zu läuten. Kinder und Erwachsene stürmten aus den Häusern, um zu sehen, was los war. Staunend blickten sie hinauf zur Kapelle. Der Weihnachtsbaum erstrahlte in hellem Licht! Wer hatte seine Kerzen angezündet? Alle Einwohner von Waldberg machten sich auf den Weg. Und tatsächlich: Die Kerzen am Baum brannten alle mit heller, oranger Flamme, heller und wärmer als sie je zuvor gebrannt hatten, und unter dem Weihnachtsbaum lagen die Geschenke. So viele und so wunderbar verpackt in glänzendes Papier und mit schönen Schleifen, wie nie zuvor.

Die Kinder stürzten sich laut jubelnd darauf. Und keines von ihnen zweifelte daran, dass es das Christkind gewesen war, das die Geschenke gebracht hatte. Auch die größeren Kinder, die schon seit längerem argwöhnten, dass die Geschenke in Wirklichkeit in den vielen Taschen und Schachteln waren, welche die Erwachsenen so mühevoll hinauftrugen, waren fest davon überzeugt, dass es nur das Christkind gewesen sein konnte; schließlich hatten Rudi und Josef bewiesen, dass es das Christkind gab. Wie sonst hätte es ihnen einen Engel schicken können, der von seinem Kommen verkündete? Jedenfalls war es in diesem Jahr die schönste und prächtigste Weihnachtsfeier, die die Kinder und ganz Waldberg je erlebt hatten. Und alle Kinder bekamen wunderbare, seit Langem ersehnte Geschenke. Auch Rudi und Josef freuten sich über ihre Päckchen, wenn auch für sie beide ein besonderes Präsent dabei war: Als sie die kleine Schachtel öffneten, kullerten die Erbsen heraus, die sie auf der Treppe verstreut hatten. Aber über die anderen wunderbaren Geschenke waren die Erbsen bald vergessen und niemand war ihnen mehr böse wegen dieser Geschichte.

Seit jenem Jahr wird in Waldberg der Heilige Abend immer ohne Geschenke gefeiert; erst drei Tage später finden sich diese unter dem Weihnachtsbaum. Und nirgendwo sonst glänzen die Augen der Kinder so wie in Waldberg, wenn sie nach dem anstrengenden Aufstieg den geschmückten Baum und die Geschenke erblicken.

Das ist die Geschichte von Waldberg. Vielleicht sollte ich noch erwähnen, dass es in vielen Familien Brauch wurde, am Tag nach der verspäteten Bescherung Erbseneintopf als Mittagessen zu servieren. Nicht, dass das von Bedeutung wäre, aber meist erzählen die alten Leute bei dieser Gelegenheit die Geschichte von Rudi und Josef. Und dabei schmunzeln sie immer ein wenig, so, als wüssten sie ein bisschen mehr, als die Geschichte verrät.

Endlich Winter

Wunderschöne Winterzeit,
komm und mach dich bei uns breit.
Mit Sternenflocken und Eiskristallen,
sie lautlos auf die Erde fallen.

Verzaubern nun die ganze Welt,
was niemand wohl infrage stellt.
Danke Frau Holle fürs Kissen schütteln,
dann bauen wir einen Schneemann,
da gibt nichts dran zu rütteln.

Macht euch eine schöne Winterzeit,
denn bald macht sich das Tauwetter
wieder bei uns breit.

© Rosa Rike Bosbach

© Bianka Mertes

47

Vom Rebellen zum Wohltäter

Da streckt man noch sein Bierbäuchlein in die Sonne und wird einfach von einer Freundin verpflichtet, eine Weihnachtsgeschichte zu schreiben. Ausgerechnet ich, der doch Weihnachten nur der freien Tage willen akzeptiert. Das ganze Jahr über herrscht Streit und Krieg und ausgerechnet an diesen drei Tagen soll Waffenruhe herrschen und heile Welt gespielt werden? Nur weil es die Bibel so vorschreibt? Nein, das hat für mich nichts mit Weihnachten zu tun. Weihnachten bedeutet für mich, die Krönung eines Jahres voller Liebe, Frieden, aber auch mit sich selbst zufrieden sein. Die drei Tage sollten dazu genutzt werden, auf die vergangenen Monate zurückzublicken, sich seinen Fehlern bewusst zu werden, aber auch, welche guten Taten man vollbracht hat.

Ich möchte Dir eine Geschichte aus meinen Kindertagen erzählen, die mir als Kind schon sehr nahe gegangen ist. Die Geschichte handelt von meinem damaligen Freund Sebastian und ist aus seiner Sicht geschrieben, so wie er es mir damals erzählte.

Es war die erste Dezemberwoche und meine Eltern warteten schon auf mich, und zwar vor der Schule. Die letzte Stunde war für die fünften Klassen beendet. Mein Lehrer hielt mich zurück und verlangte, ich sollte als Strafarbeit den Hof gründlich aufräumen. Natürlich weigerte ich mich. Was ich allerdings nicht wusste, der Lehrer hatte schon vorher mit meinen Eltern telefoniert und das war auch der Grund, warum sie vor der Tür standen. Sie kannten mich gut genug und wussten auch von meiner rebellischen Art.

Auf jeden Fall kamen sie in das Schulgebäude, kurz bevor ich es verlassen wollte. Mein Lehrer blieb hinter mir, hielt mich auf, bis meine Mutter mit verweintem

Gesicht vor mir stand. Mein Vater hatte die Lippen aufeinandergepresst. Ich konnte mir nicht erklären, warum sie geheult hatte und es war mir egal. Hätte es nicht sein sollen, wenn ich heute darüber nachdenke.

Meine Eltern fassten mich jeder an einen Arm und führten mich ins Klassenzimmer zurück. Alle Schüler der höheren Klassen konnten sehen, wie sie mich, wie einen Schwerverbrecher, in dieses Zimmer führten. Mir war unwohl, seit langer Zeit das erste Mal wieder und ich wusste nicht, warum. Ich wollte es nicht wissen. Ich war doch der Rebell der Klasse, der sich nichts sagen ließ.

In ihren Augen konnte ich lesen, dass sie mich anklagten, aber aus welchem Grund? Sie sahen auf mich herab, als wäre ich ein armseliges Würstchen mit einer Portion Senf in den Haaren. So langsam dämmerte mir, dass ich etwas ganz Böses getan hatte, zumindest laut den Erwachsenen und ich sollte nur wenige Minuten später erfahren, was mir zur Last gelegt wurde.

Aber die Zeit bis dahin kamen mir wie Stunden vor. Endlich unterbrach der Lehrer das Schweigen mit einem Räuspern.

»Du weißt, was du heute Morgen getan hast?«, fragte er mich mit anklagender Stimme.

»Ich habe viel getan, mich gewaschen, Zähne geputzt, gefrühstückt, mir den Arsch platt gesessen ...«, zählte ich auf, verstummte aber plötzlich bei dem Blick meiner Mutter.

»Du bist schuld, Junge. Schuld, dass es dies Jahr kein Weihnachten gibt«, spie mein Vater mir entgegen.

»Wieso ich? Was soll ich denn so Schlimmes getan haben, dass es keine Geschenke gibt?« Ja, für mich waren die Geschenke viel wichtiger als den wahren Grund des Weihnachtsfestes zu begreifen.

»Deine Oma ist sehr böse auf dich, wirklich sehr böse«, klagte meine Mutter mich an.

»Warum zum Teufel? Ich hab sie nicht beklaut, also bekomm ich doch mein neues Fahrrad von ihr«, wollte ich nicht verstehen.

»Du hast heute im Bus die alte Dame zur Seite gestoßen, um einen Sitzplatz zu haben und keinen Platz gemacht. Du weißt, wen du da geschubst hast?«, fragte mein Vater.

»Mir doch egal, soll die Alte halt schneller laufen und stehen hat noch keinem geschadet«, verhöhnte ich im Nachhinein noch die alte Frau.

»Es war deine Oma, die du geschubst hast. Deine eigene Großmutter, die alles für dich getan hat. Du hast keinen Respekt gezeigt, geschweige denn Mitgefühl. Du bist böse«, klärte mich der Lehrer endlich auf. Vor Schreck riss ich meinen Mund gefühlt genauso weit auf wie meine Augen.

»Das kann nicht sein, das war nicht Oma. Das war so eine alte Schabracke mit weißem Haar, Oma hat doch dunkles Haar«, giftete ich meine Eltern und den Lehrer an. Ich wollte es nicht wahrhaben. Ich liebte meine Oma über alles und hätte der das nie angetan.

»Doch, sie war es. Sie hat heute die Perücke getragen und ihren guten Mantel, kannst du dich daran erinnern?«, fragte meine Mutter mit belegter Stimme.

»Verdammt«, flüsterte ich, als mir die Erinnerung an das graue Haarteil im Nachtschrank und ihren – immer im Kleidersack verstauten – Mantel kam. So langsam dämmerte mir, was ich morgens getan hatte. Dunkel konnte ich mich erinnern, dass die Frau gestürzt war und ein älterer Mann ihr aufgeholfen und den Platz angeboten hat. »Was ist mit Oma? Ist sie …?«, fragte ich leise.

»Oma liegt im Krankenhaus und wird Weihnachten nicht bei uns sein können. Sie hat sich den Oberschenkel gebrochen und ob sie je wieder in ihre Wohnung zurück kann, wissen wir noch nicht«, klagte mein Vater mich regelrecht an. Ungewollt liefen Tränen über meine Wangen und ich schämte mich dieses Mal nicht dafür. Sonst hielt ich Heulerei etwas für Babys und Weicheier, aber heute nicht. Langsam begriff ich, welche Folgen es für mich und auch Oma hatte. Dieses Jahr keine gemütlichen Abende bei ihr, an denen ich bei ihr fernsehen durfte, keine selbst gebackenen Kekse, die sie immer für mich auf den Tisch stellte, keine Weihnachtswelt um mich herum? Meine Wünsche waren plötzlich unwichtig, ich hatte viel mehr verloren, als nur ein paar Geschenke – die Liebe meiner Oma. Eine kleine Hoffnung hatte ich noch. »Ist sie böse mit mir?«, fragte ich zerknirscht.

»Ja, ist sie und sie möchte dich auch nicht sehen. So kennt sie dich nicht, hat sie uns gesagt«, gab meine Mutter von sich. Ihren Kopf hielt sie schuldbewusst hängen, dabei sollte ich so da sitzen, nicht sie. Ich war doch schuld, nicht meine Eltern und auch nicht mein Lehrer – einzig ich allein. Langsam trat ich zu meiner Mutter, legte ihr unbeholfen meine Hand auf den Kopf und dann sank ich vor ihr auf die Knie.

»Verzeiht«, hauchte ich in ihren Schoß und suchte die Nähe meiner Mutter. Sie rührte sich nicht, sie nahm mich nicht in den Arm, sie tat nichts, sie ignorierte mich. Hatte ich auch ihre Liebe verloren? Hatte ich unsere Familie zerstört?

Meine Oma wollte mich auch nicht in den folgenden Wochen sehen. Selbst als sie nach fünf Wochen wieder zu Hause war, durfte ich nicht zu ihr. Meine Eltern bestraften mich weiterhin mit Ignoranz. Essen stand in meinem Zimmer auf einem Warmhalteteller, Getränke daneben. Meine Wäsche lag sauber im Schrank, nur Liebe, die bekam ich nicht. Eigentlich genau das, was ich mir noch vor sechs Wochen gewünscht habe, für mich selbst verantwortlich zu sein, keine Vorschriften zu beachten und einfach nur zu leben. Und nun war ich ein armes kleines Würstchen, welches um die sinnlos verspielte Liebe weinte. Statt am Nachmittag mit meinen Freunden den Ort unsicher zu machen und so einigen Dummfug anzustellen, saß ich über meinen Büchern und lernte. Meine Schulnoten besserten sich immer mehr und ich hatte mir ein neues Ziel gesetzt. Ich wollte nicht mehr der starke Macker sein, vor dem jeder Angst hatte, nein, ich wollte mich um die Menschen kümmern, wollte akzeptiert, respektiert und vor allem geliebt werden und das war harte Arbeit.

Freiwillig meldete ich mich für den Seniorennachmittag an, um dort zu helfen. Ein mittlerweile Elfjähriger half aus freien Stücken den alten, hilfsbedürftigen Menschen, das hätte ich mir nur wenige Monate vorher nie vorstellen können. Ich lernte auf die harte Tour, Liebe, Respekt und Anerkennung bekam man nur, wenn man auch bereit war, sich die Hände schmutzig zu machen. Meine rebellische Hülle brach immer mehr auf und ein wunderbarer, hilfsbereiter und rücksichtsvoller Junge schlüpfte. Darauf bin ich stolz gewesen und bin es heute noch.

Ja, wer ihn heute kennt, kann es nicht glauben, dass er mal ein ungehorsamer und rebellischer Junge war. Aber dieser eine Tag, der hat nicht nur ihn, sondern auch mich verändert. Heute kümmert er sich um Kinder und Erwachsene, die einmal so waren, wie er selbst als Kind. Er hat sich in der Schule so angestrengt, dass er ein anerkannter Sozialpädagoge mit Diplom ist, hat selbst vier Kinder und eine wundervolle Frau. Gewalt jeglicher Art verabscheut er und er findet immer Zeit, um einem Menschen in Not zu helfen. Wenn er den Titel nicht unbedingt brauchen würde, dann würde er darauf pfeifen. Erst bei unserem letzten Beisammensein sagte er mir wieder: »Menschlichkeit braucht kein Diplom.«

© Val Valland

© Wiebke Worm

Weihnachtszeit

Die Dunkelheit kehrt ein, ein Kerzenlicht erhellt den Fenstersims. Leise rieseln Sterne vom Himmel, Sterne, die zu Schneeflocken werden. Sie bedecken die Bäume im Garten. Der Wind weht sanft und die Flocken tanzen in der unendlichen Stille der Weihnachtszeit. Das Kerzenlicht flackert und der Duft von Zimt und Kokos umhüllt das Haus und mein Sein.

Leise Melodien klingen in meinen Ohren und mein Herz sehnt sich nach der Geborgenheit der Weihnachtszeit. In tiefer Stille blicke ich aus dem Fenster und spüre den Glanz der Weihnacht. Meine Träume sind zu Hause angekommen. Kinderlachen hallt durchs Haus und ich erlebe Weihnacht so wie sie früher war.

Das Holz im Ofen knistert und die Wärme durchdringt das Haus. Wünsche und Träume unter dem Baume liegen und wie ein Kind in früheren Tagen erlebe ich den Weihnachtsabend.

Doch spüren will ich noch mehr an diesem Weihnachtsabend. Schritt für Schritt mache ich mich auf den Weg nach draußen.

Die Kälte peitscht mir ins Gesicht, die Flocken tanzen auf meiner Haut und mit jedem Schritt knirscht der Schnee unter meinen Schuhen. Ich schließe die Augen und die Zeit des Träumens beginnt.

Ich höre die Stille der Nacht, den unendlichen Frieden des Augenblicks. Ein Gefühl von Vollkommenheit des Moments. Vor meinem inneren Auge kommt die Welt sich etwas näher und die Menschheit reicht sich die Hände zur Weihnachtszeit.

© Franziska Nicole Horn

© Wiebke Worm

Der kleine Schneemann – ein Wintermärchen

Ein kleiner Schneemann stand am Rande einer Wohnsiedlung, dort, wo die Kinder ihn vor einiger Zeit gebaut hatten. Er schaute sich traurig um. Überall hatte der Schnee begonnen, zu schmelzen. Schmuddelig grau sah es ringsherum aus. Dem Schneemann war in den letzten Tagen aufgefallen, dass einige seiner Kollegen einfach verschwanden. Das machte ihm Angst. Wohin gingen sie so einfach? Und was war mit ihm selbst? Er schaute an sich hinunter. Dünn war er geworden und kleiner. Was geschah hier nur? Dicke Tränen kullerten über sein weich gewordenes Gesicht.

»Hallo«, hörte er plötzlich ein dünnes Stimmchen zu seinen Füßen. Ein Kaninchen schaute ihn mit großen Augen und zitternder Nasenspitze an. »Sag, warum weinst du?«

»Ach«, schniefte der Schneemann. »Ich weiß auch nicht, alles ist so komisch. Es wird immer wärmer, der Schnee taut und viele meiner Kollegen sind einfach weg. Wohin denn nur? Und was geschieht mit mir?«

Das Kaninchen blickte dem Schneemann in seine schwarzen Kohleaugen. »Da hast du aber Glück, ich bin schon fünf Jahre alt und weiß, was geschehen wird. Schau, das ist so: Wenn es wärmer wird, und der Schnee zu schmelzen beginnt, wird er zu Wasser und versickert in der Erde. Das ist gut für die kleinen Keimlinge, die darauf warten, im Frühjahr ihre Köpfchen aus der Erde zu strecken, es macht sie stark.«

»Ich werde also einfach nicht mehr da sein, werde sterben?«, schluchzte der kleine Schneemann noch lauter.

»Nicht weinen, lieber Schneemann, körperlich gesehen, hast du recht, Schnee schmilzt nun mal, wenn es warm wird. Aber das Schönste weißt du ja noch gar nicht! Alle Wesen haben eine Seele und die kann nicht sterben. Du wirst alle deine Kollegen wiedersehen – im Schneemannhimmel. Dort ist es immer kühl, es gibt ganz viel glitzernden Schnee … und da werdet ihr alle glücklich sein.« Je länger das Kaninchen erzählte, desto strahlender wurde ein Lächeln auf dem Gesicht des kleinen Schneemanns sichtbar.

»Schön«, sagte er leise, »so ist das also. Ich bin froh, dass du mir das erzählt hast. Jetzt habe ich keine Angst mehr.«

»Du«, wisperte da das Kaninchen, »ich habe solchen Hunger, schenkst du mir deine Mohrrübe?«

Liebevoll schaute der Schneemann hinab. »Aber sicher, mein kleiner Freund. Ich werde bestimmt komisch aussehen ohne Nase, aber ich brauche sie ja bald nicht mehr. Schau, ich zerfließe ja schon.« Das Kaninchen rückte ganz nah an den schmelzenden Schneemann heran und berührte ihn zart.

»Kleiner Schneemann, ich danke dir von Herzen. Und weißt du was? Ich bleibe bei dir, bis zum Schluss.«

Der Schneemann nickte ein wenig mit dem Kopf, denn reden konnte er nun nicht mehr. Die Steinchen, die seinen Mund gebildet hatten, waren mit dem schmelzenden Schnee zur Erde gefallen. Das Kaninchen tat, was es versprochen hatte. Als der Schneemann geschmolzen war, holte es sich vorsichtig die Mohrrübe aus der Pfütze und stillte seinen Hunger. Es schaute nach oben und mümmelte. »Danke kleiner Schneemann und hab viel Spaß im Schneemannhimmel.«

© Linda Marie Haupt

© Wiebke Worm

Ein Schneemann geht auf Reisen

Endlich stand er da in aller Pracht und endlich waren die Kinder verschwunden, die so lange an ihm gebastelt hatten.

Der Schneemann schüttelte vorsichtig seinen runden Kopf leicht hin und her. Der Gedanke, dass er froh war, dass die Kinder nach Hause mussten, klang undankbar, aber er konnte es doch kaum erwarten endlich seine Umgebung zu erforschen. Und wie es nun mal im Leben eines Schneemannes so ist, konnte er erst richtig zum Leben erwachen, wenn kein menschliches Auge ihn mehr sah. Er bewegte die Arme, den Oberkörper, fühlte nach, ob seine Rübennase richtig saß, zog den Schal etwas enger und schaute sich in Ruhe um.

Verdammt, die haben meine Beine vergessen. Der Schneemann holte tief Luft, konzentrierte sich und machte einen kleinen Luftsprung, das funktionierte hervorragend, auch wenn einer seiner Kohlenknöpfe dabei absprang und durch den Schnee kullerte. Gerade wollte er zu einem weiteren Sprung ansetzen, da hörte er schnelle, leise Schritte und erstarrte erneut. Nicht zu früh, denn von dem einen Grundstück, direkt neben der kleinen Wiese wo der Schneemann stand, kam ein kleines Mädchen gelaufen.

»Lisa, beeil dich, das Essen wird kalt!«, hörte er eine Frauenstimme.

»Ja, Mama, ich muss nur noch Flavius holen, den habe ich fast vergessen«, rief das Mädchen zurück und rannte zielstrebig auf den Schlitten zu, der direkt neben dem Schneemann stand. Schnell griff sie nach einem kleinen lila Stoffdrachen, der in der Mitte des Schlittens lag, drückte ihn fest an sich und lief zum Haus zurück. »Hab ihn«, konnte der Schneemann noch hören, dann wurde es wieder still.

Nun aber. Durch diese kleine Unterbrechung war ihm ein ganz neuer Einfall gekommen. Er hatte zwar keine Beine, konnte aber hopsen und auf den Schlitten müsste er es eigentlich auch schaffen. Die Kinder waren damit hin und hergesaust und das wollte er jetzt auch. Das wäre bestimmt ein Vergnügen. Er konzentrierte sich. Ein Ruck ging durch seinen Körper und schwups stand er auf dem Schlitten. Dieser nahm – durch den Schwung des Schneemanns – sofort Fahrt auf, glitt sanft durch den Schnee. Erschrocken wackelte der kleine Schneemann zunächst etwas hin und her, dann hatte er sich gefangen und sein Kohlenmund verzog sich zu einem breiten Grinsen. Das war eine Freude! Dann wurde der Schlitten langsamer und langsamer und blieb schließlich ganz stehen. »Weiter!«, rief der kleine Schneemann, aber der Schlitten hörte einfach nicht. So sehr der Schneemann auch auf dem Schlitten hüpfte, es ging keinen Zentimeter weiter.

Aus der Dunkelheit ertönte ein leises Kichern. Der Schneemann stutzte. Ein Kind konnte das nicht sein, sonst wäre er bereits erstarrt. »Hallo?«, flüsterte er in die Dunkelheit, denn die Dämmerung war schnell zur Nacht geworden. Und nochmals »Hallo?«

Wieder das leise Kichern, dann hörte er eine zarte Stimme: »Selber hallo, schön, dass du da bist, dann ist mir nicht mehr so langweilig.«

»Wer bist du und wo bist du?« Der kleine Schneemann drehte den Kopf einmal um die eigene Achse und dann sah er sie. Die schönste Schneefrau, die er sich je hätte vorstellen können. Schnell richtete er seinen Kochtopfhut und zog den Schal gerade, dann machte er einen großen Sprung und stand direkt neben ihr. Der Schlitten, befreit von seiner Last, rutschte ein Stück weiter, was den kleinen Schneemann aber gar nicht störte, er war angekommen. Während es anfingt zu schneien, unterhielten sich die Schneeleute aufgeregt bis zum nächsten Morgen und erst als die Kinder zur Wiese kamen, erstarrten die beiden mit glücklichen Kohlestückchenlächeln auf ihren Gesichtern. Die Kinder aber staunten nicht schlecht, als sie ihren Schneemann am anderen Ende der Wiese neben einer Schneefrau fanden. Der Schnee hatte inzwischen alle Hüpf- und Schlittenspuren zugedeckt, sodass dieses Rätsel ein Rätsel blieb.

Winterwelt

Wenn der Winter Einzug hält,
bedeckt eine weiße Pracht die Welt.
Denn er kommt mit Schnee und Eis,
was jedes Kind wohl weiß.

Schneemann bauen, Schneebälle brausen
und auf den Pisten tut man sausen.
Die weiße Pracht macht vielen Freude,
doch oftmals gibt es auch Geheule.

Mit Skiern und Schlittschuhen tut man laufen,
bis alle liegen auf einem Haufen.
Ein Schneeball kann ins Auge gehen,
auch der Schlitten will im Kreis sich drehen.

Wenn erst der Gehweg mit Schnee bedeckt,
kann man schippen unentwegt.
Auch der Autofahrer jammert,
wenn er auf Eises Straßen klammert.

Aber wenn die Sonne auf die Eiskristalle scheint,
des Menschen Auge dies sehr freut.
Drum jubelt immer groß und klein,
wenn Frau Holle die Betten schüttelt Tag aus, Tag ein.

© Rosa Rike Bosbach

Kamingeflüster

Die Geschenke hübsch verpackt,
leise knistert im Kamin das Feuer,
für Oma Hildchen war der Familie
heute wirklich nichts zu teuer.
Selig hält sie im Schaukelstuhl
ihr verdientes Mittagsschläfchen,
bekannt ist sie für ihre
Hilfsbereitschaft im kleinen Städtchen.

Mit eingekauft hat sie jahrelang für
Frau Meier von nebenan,
sie sitzt im Rollstuhl, längst
verschwunden ist ihr untreuer Mann.
Dankbar kam sie mit einer bunten Dose
voll mit Plätzchen angerollt,
und Max Häberlein brachte ihr
ein Kettchen aus purem Gold.

Für ihn ließ sie in schwierigen Zeiten
die Sonne wieder scheinen,
kümmerte sich wie selbstverständlich
um seine mutterlosen Kleinen.
Hildchens Tochter bringt Kaffee und
ein Stückchen Frankfurter Kranz,
streichelt ihre Hand und
legt Holzscheite nach für den Funkentanz.

Zurück denkt sie an manch'
schwierige Zeiten in Not und Leid,
denkt, fesch schaut Mutter aus
zum Feiertag im neuen Sonntagskleid.

Der Enkel beugt sich zu ihr hinunter,
auch er findet sie richtig schick,
wartet auf ihr Erwachen,
Oma kennt doch den besten Kartentrick.

Der Schulchor singt vor dem Fenster
vertraute Weihnachtslieder,
für Frau Hilde, schrieb sie doch ihre Chronik
an langen Abenden nieder.
Der Pastor schleppt eine Bibel an,
weihnachtlich glänzt die rote Schleife,
und für die Hilfe beim Basar bekommt
sie ein großes Stück Apfelseife.

Flüsternd steht die Gemeinde um die
schlafende Freundin herum,
selbst der Bürgermeister,
obwohl sein Rücken schmerzt, er ist krumm.
Endlich, sie blinzelt, lächelt und freut
sich, denn alle hat sie so gern,
nun können sie feiern und
zusammen warten auf den Weihnachtsstern.

© Sunny Claire

© Sunny Claire

Winterzeit

Wenn weiße Sterne
fallen vom Himmel,
Frost sich legt
auf Baum und Strauch.

Wenn Stille sich macht breit im Leben
und Klänge durch die Welt ertönen.
Wenn Kinderaugen strahlend glitzern
und Tannenbäume geschmückt entzücken.

Dann ist sie hier, die Weihnachtszeit.
Familien stets zusammen finden,
fühlen Frieden in der Welt.
Vergessen nur für einen Tag
den Krieg und die Gewalt.

Die Stille dieser Weihnachtszeit
ist Stille in der weiten Welt.
Vergesst an diesem Tage nicht
zu lächeln für die Welt.

© Franziska Nicole Horn

Kian & Ben – Geschwisterliebe

Clearbrook (Minnesota)

»Ben!«, schreie ich meinen Bruder an, der gerade mit einem Stock testet, ob der See hinter unserer Blockhütte schon soweit zugefroren ist, dass er sein Gewicht trägt. Die letzten Nächte ist es klirrend kalt gewesen, obwohl wir erst Ende Oktober haben. Mir ist das Ganze nicht geheuer, aber Ben will unbedingt noch heute Schlittschuh laufen und den Hockeyschläger ausprobieren, den er vor ein paar Tagen im Müll bei Mrs. Jamesson gefunden hat.

»Mom hat gesagt ...«, beginne ich den Satz, der durch sein lautes Lachen unterbrochen wird.

»Mom hat gesagt«, äfft er nach und streckt mir die Zunge heraus.

Ich schnaube auf. Eine weiße Wolke bildet sich vor meinem Mund und ich ziehe meine Jacke noch weiter zu. Manchmal hasse ich ihn. Auch, wenn wir als Zwillinge uns näher stehen, als jeder andere.

»Geh doch petzen!«, ruft er mit einem triumphierenden Grinsen, weil er genau weiß, dass ich das nicht tun werde.

»Bitte Ben«, flehe ich geradezu, als er seinen Fuß auf das gefrorene Wasser setzt. Bis zu mir reicht das typische Knarzen des frischen Eises. Ich schließe meine Augen, möchte nicht sehen, was unvermeidlich ist und brülle aus vollen Lungen, »ich gehe zu Dad, wenn du nicht sofort damit aufhörst!«

Ich hoffe, wenigstens das hilft. Dad ist streng, nachdem, was an dem See schon passiert ist. Aber anscheinend hat Ben verdrängt, dass letztes Jahr, etwa um dieselbe Zeit, Robin hier ertrunken ist, weil er ebenso wie mein Bruder, die glorreiche Idee hatte, das Eis auszutesten. So zumindest lautete unsere Version der Geschichte. Ich öffne meine Lider einen Spalt breit und mein Herz bleibt fast stehen. Ben steht etwa fünfzehn Meter von der Böschung entfernt auf der schneebedeckten Eisfläche und stampft fest mit dem Fuß auf.

»Du Schisser!« Sein boshaftes Kichern ist weit über den See zu hören. »Schmeiß den Schneeschieber rüber, du Spaßbremse. Kannst ja gerne zuschauen, wie ich gleich als Champion Tore schieße, wenn ich das Spielfeld geräumt habe.«

Ich löse mich aus meiner Starre, nehme den Schieber und lege ihn vorsichtig am Rand des Sees auf das Eis. Innerlich klopfe ich mir auf die Schulter, Ben muss zurückkommen, damit er die Schneeschaufel benutzen kann.

»Was soll das?«, schimpft er, wobei sein Gesicht rot anläuft vor Zorn. »Du bist echt noch ein Baby. Sieh!«, fordert er mich heraus und hüpft nun auf einer Stelle immer wieder hoch und landet hart auf dem Eis.

»Lieber ein Baby, als …« rufe ich ihm zu und verschränke meine Arme vor der Brust, während es unter Ben zu knacken und zu gurgeln beginnt. »Ben! Hör auf mit dem Scheiß und komm da runter«, warne ich ihn erneut, doch meine Worte verpuffen in seinem erstickten Schrei und dem Brechen der Eisfläche unter seinen Beinen.

Ich gerate in Panik, als Ben einbricht, hilflos mit den Armen rudert, sich verzweifelt versucht, am dünnen Eis des Loches festzuhalten.

»Tu doch was!«, kreischt er.

»Was denn?«, keuche ich, sehe mich gleichzeitig um. Nix! Ich kann nicht darauf hoffen, dass irgendwelche Spaziergänger zu so früher Stunde schon am See die Winterlandschaft genießen, noch, dass Mom aus dem Haus kommt, um nach uns zu sehen. Wir haben ihr gesagt, wir gehen in den Ort.

»Kian!« Bens Ruf holt mich zurück in die schreckliche Realität. Hastig wickele ich mir den Schal vom Hals und versuche, mich an alles das zu erinnern, was Dad uns für den Fall der Fälle letztes Jahr eingetrichtert hat. Trotzdem haste ich los, anstatt ruhig zu bleiben. Mein Hals schnürt sich zusammen, als ich zu Ben schaue, der um sein Leben kämpft.

»Du musst durchhalten«, schreie ich ihm zu. Doch er rudert weiter wild mit den Armen herum.

Im Laufen schnappe ich mir die Schneeschaufel, gehe ein paar Schritte, wobei das Eis unter mir gefährlich knirscht und lege mich schließlich auf eine möglich breite Fläche, die hoffentlich mein Gewicht trägt.

»Versuch weiter an den Rand zu schwimmen.« Meine Stimme zittert vor Angst, das Adrenalin schießt durch meinen Körper. Sie hört sich nicht nach meiner eigenen an. »Ben!«, kreische ich, »hör mir zu!«, weil er immer weiter in Panik gerät. Sich dadurch kaum noch über Wasser halten kann. »Du musst ruhig bleiben. Tief durchatmen. Sieh zu mir«, befehle ich ihm geradezu. Zum Glück schaut er auf. Sein Blick trifft meinen, ich nicke und robbe näher an die Einbruchstelle heran. Vorsichtig, Zentimeter für Zentimeter nähere ich mich ihm. Mittlerweile ist das kleine Loch größer geworden, sodass ich ihn nicht einfach so greifen kann. Ich ziehe meinen Schal hervor, den ich die ganze Zeit unter mir mitgeschleift habe, schmeiße ihn zu Ben. Ich kann von Glück sagen, dass Grandma so lange Schals strickt, dass man sie bequem als Seil benutzen kann. Und wenn wir hier heil rauskommen, werde ich nie wieder meckern, wenn ich einen zu Weihnachten geschenkt bekomme anstatt einer Actionfigur. Mit dem Jackenärmel wische ich mir die störenden Tränen von der Wange. Ich habe gar nicht gemerkt, dass ich weine. Erst muss ich Ben retten, dann …

»Greif dir das Ende.« Ben japst auf, als er sich an dem kalten Wasser verschluckt und driftet wieder etwas ab.

»Reiß dich zusammen«, schnauze ich ihn an, schließlich ist er es, der sich selbst in diese Lebensgefahr gebracht hat.

»Ich kann nicht.« Hilflos rudert er wieder völlig unproduktiv mit Armen.

»Greif den verfickten Schal!«, donnere ich ungehalten und sehe, wie er seine Hand endlich nach dem Rettungsanker ausstreckt.

»Weiter«, fordere ich, schiebe mich so weit nach vorne, bis ich auch schon fast am Rand bin. Wasser schwappt über und durchnässt meine Jacke. Meine Hände fühlen sich taub an, als Ben endlich den Schal ergreift und so heftig daran zieht, dass ich fast in das Loch schlittere. Mit letzter Kraft stemme ich mich dagegen. Ziehe Ben zu mir heran.

»Hilf mir!«, keuche ich. Mein Atem geht stoßweise. Wenn ich Ben nicht bald aus dem kalten Wasser herausbekomme, dann sieht es schlecht für ihn aus. Jede Sekunde zählt. »Leg den Oberkörper auf das Eis«, weise ich ihn an und atme erleichtert aus, als es ihm gelingt. Ein Knacken, ein Aufächzen des Eises, schon ist der rettende Untergrund Geschichte. Ben jault auf. Es platscht und er geht unter.

Eine höllische Angst ergreift mich. Eine Sekunde, zwei, drei! Er taucht nicht wieder auf. Aus einem Impuls heraus, greife ich nach dem Schneeschieber und stürze mich in das kalte Wasser, bekomme Ben zu packen, ziehe ihn hastig hoch. Ich bin ein guter Schwimmer, dennoch halte ich mich mit dem zusätzlichen Gewicht nur mühsam an der Oberfläche. Wie Nadeln schießt die Kälte durch meinen Körper. Ich muss durchhalten. Mit der einen Hand schiebe ich Ben auf meinen Rücken. Er ist fast ohnmächtig und macht fast nichts mehr zu meiner Unterstützung, außer sich an meinen Schultern festzukrallen. Das eine oder andere Mal zieht er mich runter. Beim letzten Mal schnappe ich mühsam nach Luft, schwimme an den Rand und dresche mit der Schaufel auf das dünne Eis ein. Wie weit? Ich hebe den Kopf, schaue zum Ufer. Vielleicht noch vier Meter? Dann müsste ich stehen können. Minuten vergehen. Meine Arme werden lahm. Ben stöhnt gequält auf meinem Rücken. Ich kann nicht mehr. Die weiße Oberfläche verschwimmt vor meinen Augen. Das Ende? Ich zittere unaufhörlich. Meine Zähne klappern. Ich merke, wie die Wärme aus meinem Körper gezogen wird, dann endlich ... spüre ich den weichen Sand unter meinen Füßen nachgeben.

»Kian? Ben?«, gleichzeitig das Rufen meiner Mom.

»Hier!«, pruste ich unter letzter Anstrengung und höre noch, »du meine Güte.« Dann umgibt mich weiße Watte und ein angenehmes Rauschen.

Ich zittere nicht mehr. Trotzdem fühle ich mich kalt. Ich habe das Gefühl, ich hätte einen Eisblock verschluckt. Meine Kehle ist trocken. Als ich die Augen aufschlage, sehe ich in das faltige Gesicht unseres Docs hier im Ort. Der einzige Arzt innerhalb von dreißig Meilen.

»Wo ist Ben?«, krächze ich und richte mich auf, was gar nicht so einfach ist, wegen der Deckenflut, die auf mir liegt.

»Mach dir keine Sorgen«, beruhigt er mich und reicht mir einen Becher. Der Duft von heißer Milch mit Honig dringt mir in die Nase. »Wir mussten ihn per Helikopter in die Klinik fliegen lassen, weil er zu stark unterkühlt war.«

Ich atme keuchend aus. »So schlimm?«, frage ich und senke meinen Blick auf die weiße Flüssigkeit.

Dr. Hill legt mir eine Hand auf die Schulter. »Das wird schon. Er ist in guten Händen. Seine Körpertemperatur ist noch nicht im kritischen Bereich gewesen. Er ist kurz zu Bewusstsein gekommen. Trotzdem habe ich ihn zur Sicherheit einliefern lassen. Weißt du, die Ärzte können da viel mehr, als ich alter Landquacksalber.« Er lacht und wuschelt mir durch die Haare. »Trink schön die Milch aus und leg dich dann wieder hin. Ich werde kurz telefonieren gehen.«

Gedankenverloren nicke ich und nippe an meinem warmen, süßen Getränk. Ich spüre, wie die Milch in meinem Magen mich wärmt und so langsam verschwindet die unangenehme Kälte aus meinem Körper. Lediglich meine Füße fühlen sich noch wie Eisklumpen an. Eine gewisse Unruhe erfasst mich. Ich bin noch nie von Ben getrennt gewesen. Auch wenn er manchmal eine Nervensäge ist, er ist doch mein Bruder. Tränen sammeln sich in meinen Augen und ich beginne zu schniefen. Wie kann Ben mir das antun? So leichtsinnig sein. Obwohl er genau weiß, wie gefährlich zu dünnes Eis ist.

»Hey«, sagt Dr. Hill sanft und streicht über meinen Kopf. »Gute Nachrichten, Ben geht es gut. Die Behandlung schlägt an und ich bin mir sicher, dass keine Folgeschäden bleiben.« Er lächelt zuversichtlich. »Aber in Zukunft …«, mahnend hebt er seinen Zeigefinger. Bevor der Doc den Satz beenden kann, stürmt Dad wie ein Racheengel in den Raum, drängt sich am Arzt vorbei und packt mich am Ohr. Ich heule vor Schmerzen auf.

»Du nichtsnutziger Bengel. Eine Mutprobe, hm? Dir werde ich die Flausen im Kopf austreiben. Was denkst du dir dabei, deinen Bruder in so eine Gefahr zu bringen?«

Ich starre ihn mit weit aufgerissenen Augen an. »Aber Dad …«, versuche ich, ihm zu erklären, was wirklich passiert ist, doch schon klatscht eine Ohrfeige auf meiner Wange.

»Mr. Haze«, räuspert sich Dr. Hill lautstark, als ich anfange zu weinen, »beruhigen Sie sich erst einmal und kommen Sie zur Vernunft.«

»Zur Vernunft, ja?«, brüllt Dad fast schon, »ja, die werde ich ihm einprügeln.« Er hebt drohend die Faust, zeigt zu mir und ich zucke erschrocken zusammen. ›Was hat Ben erzählt?‹, dröhnt durch meinen Kopf.

»Vielleicht sollten Sie Kian auch anhören?«, schlägt der Doc ruhig vor und fixiert meinen Dad mit seinem Blick, der lediglich wütend aufschnauft.

»Kein Bedarf«, wiegelt er ab, »ich höre mir keine Lügengeschichten von einem achtjährigen Pimpf mehr an.«

»Dad?«, rufe ich verzweifelt. Ja, okay! Ich gebe zu, in der Vergangenheit so einiges angestellt zu haben. Der alten Schachtel Mrs. Welshon habe ich ihre hautfarbenen Schlüpfer Größe XXL geklaut und sie zu einem Segel für mein Schiff zurechtgeschnitten. Ich habe Bens heiß geliebten Hasen freigelassen, weil ich nicht ertragen konnte, wie er hinter Gittern in dem Käfig sein Dasein fristete und dachte, er wäre in Freiheit besser dran. Wer kann den ahnen, dass er munter auf die Straße hoppelt? Gut, meinen selbst gebastelten Böller hätte ich nun wirklich nicht im Schulklo ausprobieren müssen. Man, hat das gerummst.

»Es werden andere Seiten aufgezogen, mein Sohn«, droht Dad mir wieder mit erhobenem Zeigefinger und verlässt vorerst die Praxis wutentbrannt mit hochrotem Gesicht.

»Wenn du meinst«, schreie ich schnippisch hinterher und lege trotzig die Arme vor die Brust.

»Na na«, zügelt mich der Doc, »es wird nie so heiß gegessen, wie es gekocht wird.«

»Möchten Sie gar nicht wissen, wie es wirklich war?«, frage ich überrascht. Bisher hat er mich mit Respekt behandelt, keine Drohungen ausgestoßen und ist fair gewesen.

»Macht das einen Unterschied?«

Ich bin verwirrt von seiner Aussage und kräusele die Stirn. Mit einem Seufzen setzt er sich neben mich.

»Sieh mal, Kian, es ist nicht wichtig, wer wen beschuldigt, um seinen Kopf aus der Schlinge zu ziehen. Die Hauptsache ist, euch geht es gut. Aus dem Unfall ist keine Katastrophe geworden, so wie letztes Jahr bei Robin. Ihr habt eure Eltern ziemlich geschockt, da ist es doch verständlich, dass sie überreagieren, schließlich sind sie dafür da, auf euch aufzupassen, dass euch nichts passiert. Vielleicht beziehst du das in deine Überlegungen mit ein, bevor du deinen Dad verurteilst, unfair zu sein. Dennoch missbillige ich die Ohrfeige aufs Schärfste und du musst mir eines versprechen, Kian, wenn das noch mal passiert, kommst du zu mir. Okay?«

Er reicht mir seine Hand und ich nehme sie. »Versprochen«, bestätige ich.

»So, dann werde ich dir mal noch eine heiße Milch mit Honig machen. Du bleibst über Nacht bei mir, zur Beobachtung. Ich gebe deinem Dad Bescheid.«

Ergriffen nicke ich und hole tief Luft, damit mir nicht wieder die Tränen kommen. Doc Hill ist echt fair. Ich wünschte, er wäre mein Dad.

© Nicole Wefer

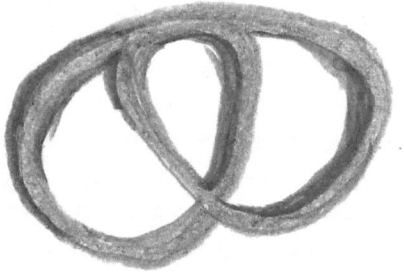

© Bianka Mertes

Als der Tannenbaum zum Weihnachtsbaum wurde

Ein grüner, nadeliger Baum,
auch Tannenbaum genannt.
Steht einsam und so ganz allein
im Zimmer mitten drin.
Doch nicht mehr lange,
keine bange,
wird aus einem grünen Baum
ein glänzend toller Baum im Raum.
Lichtlein zieren schon die Tanne,
rote Kugeln und auch Schleifchen,

Engelchen und Sterne satt,
hängen nun herab.
Golden Lametta
und ein Stern auf der Spitze
lassen den Baume blitzen.

In der dunklen Weihnachtsnacht
der Weihnachtsbaum leuchtet in voller Pracht.
Aus dem tristen Tannenbaume
wurde nun ein Weihnachtsbaume,
der den Menschen Freude schenkt.
Der Weihnachtsbaum
ist Tradition
zur stillen heiligen Nacht.
Drum lasst ihn leben
jedes Jahr,
damit ist Weihnacht wunderbar.

© Franziska Nicole Horn

Der erste Schnee

Ach wie schön, die ersten Flocken,
möchten mich nach draußen locken.
Überall die weiße Pracht,
es ist Winter über Nacht.

Alle Häuser, Mauern, Bänken und auf Straßen,
auf denen wir gestern noch saßen.
Jeder Baum und jeder Strauch,
ist vom Schnee bedeckt nun auch.

Auf dem Vogelhaus im Garten,
im Schnee die Vögelein auf Futter warten.
Die Kinder einen Schlitten ziehen,
hurra, wie ist der Winter schön.

So lange hat man drauf gewartet,
nun wird zur Rodelbahn gestartet.
Ein Schneemann wird nun auch gebaut,
bevor die weiße Pracht dann wieder taut.

© Rosa Rike Bosbach

© Bianka Mertes

Grüne Weihnachten

Lang ist es her - es klingt wie ein Märchen und genauso beginnt es auch.

Es war einmal ein Geschwisterpaar, der große Bruder Vincent und die kleine Schwester Ludmilla. Für sie war die Winterzeit immer etwas ganz Besonderes und es ging ihnen nicht nur um die Geschenke. Nein, sie erlebten noch richtige Winter mit viel Schnee – manchmal war der Schnee so hoch, dass sogar die wenigen Autos zugeschneit waren. Das war immer ein Spaß für sie, denn ihr Papa konnte dann nicht zur Arbeit fahren und sie selbst mussten nicht zur Schule, denn auch die Autos der Lehrer waren zugeschneit und die Straßen nicht befahrbar. Aber nicht nur das war Grund zur Freude, nein, sie konnten mit dem Schnee spielen und etwas bauen. Zuerst mussten sie sich in diesem Jahr aber aus dem Haus graben. Ja, ihr habt richtig gehört - graben, denn auch die Haustüren waren zugeschneit und der Schnee lag bis zum Fensterbrett hoch. Eine große weiße Fläche bis zum nächsten Haus, nur die Bäume und die Spitzen der Zäune ragten aus der weißen Fläche hervor. Da Vincent mit seinen vierzehn Jahren schon zu schwer für den Schnee war und auch nicht mehr mit kleinen Schaufeln spielte, musste die sechsjährige Ludmilla aus dem Fenster klettern, über den Schnee bis zur Haustür kriechen und dort den Schnee wegschaufeln. Dazu benutzte sie die alte Kohlenschaufel und war ganz lange damit beschäftigt, die Haustür vom Schnee zu befreien, damit keiner mehr ins Haus fiel, wenn der Papa die Tür aufmachte.

Okay, Milla, wie die Familie sie nannte, war flink wie ein Wiesel und brauchte gar nicht so lange, nur eine Stunde und dann war die Tür frei. Für Vin, wie ihr Bruder gerufen wurde, war das ein Zeichen, ebenfalls loszustürmen und mit der Schippe den Schnee abzutragen. Nach rechts und nach links flogen die Schneemassen, während Milla einen warmen Kakao trank. Der Papa Viktor half seinem Sohn und nach nur drei Stunden führte ein Weg durch den Schnee zur Straße. In dieser Zeit backte Milla mit ihrer Mama Hiltrude ganz viele Kekse, mit und ohne Schokolade, mit Nüssen und auch mit Marzipan. Milla wusste, wie sehr ihr Bruder Kekse liebte und es die einzige Chance war, genug Vorrat zu backen, damit sie zu Weihnachten auch noch welche hatten. Vin war ein Keksmonster.

In der Zwischenzeit hatte Viktor schon das Auto freigeschaufelt und die Bauern machten mit ihren großen Treckern die Straße frei. Überall lagen große Haufen mit Schnee auf der Schneedecke und Vin nutzte die Chance und klopfte einen Schneeberg vor der Haustür mit einer Schaufel platt. Milla freute sich schon auf das Ergebnis, wenn Vin endlich fertig war – ein kleines Iglu, nur für sie und vielleicht Vin. Ein Erwachsener passte nicht durch den Eingang, den Vin bauen würde. Und dann würden sie am Heiligabend dort mit einer Keksdose auf dem Schoss sitzen. Die kleine Öllampe von ihren Großeltern sorgte für genug Licht und ein bisschen Wärme und sie würden warten - warten auf das Christkind.

Aber bis es soweit war, bauten sie noch ganz viele große und kleine Schneemänner im Garten. Auch Häuschen für die Gartenzwerge formten sie aus dem Schnee. Ach, was hatten sie doch für einen Spaß in der Zeit, als noch Schnee lag.

Denn plötzlich wurde es wärmer. Die Schneemänner und die schönen Zwergenhäuser wurden immer kleiner und schmolzen weg. Milla weinte jeden Abend, wenn tagsüber die Sonne wieder die Schneemassen wegschmolz. Niemand konnte sie trösten. Morgens rannte sie noch im Nachtkleid und barfuß zum Fenster, warf einen Blick raus und war ganz enttäuscht, weil wieder kein Schnee gefallen war. Und es kam, wie es kommen musste: Einen Tag vor Weihnachten war alles grün.

In ihrem ganzen Leben hatte Milla das noch nie erlebt, grüne Weihnachten. Keine Kekse im Iglu naschen, den Zwergen und Schneemännern keine Geschenke vor die Schneehäuser legen – für Milla ein Unding. Ihre Oma und auch ihre Mutter erklärten ihr immer wieder, dass es alle paar Jahre grüne Weihnachten gab und es ein ganz besonderes Ereignis sein würde. Ludmilla wollte das nicht glauben und wurde von Stunde zu Stunde bockiger. Sie gab Vin und ihrem Papa die Schuld, weil die ja all den schönen, weißen Schnee weggeräumt hatten. Nichts und niemand konnte Milla überzeugen.

Am Heiligabend schlich sie morgens ganz früh aus dem Haus. Sie zog ihre Feder-Bettdecke und ihr Feder-kissen hinter sich her und verteilte die Federn im Garten. Es reichte aber nicht, um das ganze Grün damit zu überdecken. Also ging sie wieder auf nackten Füßen ins Haus, holte aus den Gästekammern die Federbetten und verteilte auch diese im Garten. Eine hauchdünne weiße Federschicht lag jetzt überall im Garten und Milla war zufrieden. Weihnachten musste der Garten weiß sein, denn sonst würde das Christkind nicht kommen und sie dürften keine Kekse im Iglu essen. Iglu! Das war ja auch fast weggeschmolzen. Milla brach wieder in Tränen aus. Ohne Iglu keine Kekse. Da saß sie nun in dem Berg weißer Bettwäsche und überlegte, wie sie sich ein Iglu bauen konnte. Da kam ihr die Idee, die Bettwäsche über die Stachelbeerbüsche zu legen und sich so eine Höhle zu bauen. Nach getaner Arbeit warf sie zufrieden noch einen letzten Blick auf ihr Iglu aus Bettwäsche.

Vin hatte Milla durch das Fenster beobachtet und war-tete nur auf den Moment, in dem Milla wieder ins Haus kam und ins Bett ging. Dann wollte er seiner kleinen Schwester, die so unendlich traurig war, einen schönen winterlichen Garten bereiten. Mit Iglu und natürlich ihren Schneemännern und Zwergenhäuschen. Er hatte da schon eine Idee.

Nur wenige Minuten später lief Milla wirklich wieder ins Haus und warf sich in ihr Bett, zog die Wolldecke über ihren Kopf und weinte. Vin zerriss es fast das Herz. Seine immer fröhliche Schwester weinte, für ihn war es wie Folter.

Schnell eilte er nach draußen, ging in die Werkstatt seines Vaters und suchte das runde Zelt. In kurzer Zeit baute er dieses auf, bedeckte es mit dem weißen Bettdeck und beeilte sich, aus den Styroporkugeln, die im Schuppen lagen, kleine Schneemänner zu basteln. Nun fehlten ihm nur noch die Zwergenhäuser, die er aus weißen Pappkartons baute und mit kleinen Holzschienen stabilisierte.

Während seine Schwester noch ganz lange schlief, waren seine Eltern bereits erwacht und halfen ihm, als er ihnen erklärt hatte, was er bauen wollte. Seine Eltern waren stolz auf ihren großen Sohn und sein Verständnis für die kleine Milla.

Gegen zehn Uhr krabbelte Milla aus ihrem Bett und lief sogleich zum Fenster. Verwundert rieb sie sich die kleinen Äuglein, weil sie nicht glauben konnte, was sie dort sah. Obwohl die Sonne schien, war der Garten winterlich wie jedes Jahr. Viktor hatte noch überall in den Bäumen weiße Watte verteilt und Vin die kleinen Zwergenhäuser mit grünen Girlanden dekoriert. Milla kreischte vor Freude auf. Ihr eigenes kleines Dorf zu Weihnachten – dekoriert wie ein Weihnachtsmarkt. Sie zog sich eilig an und lief hinaus in den Garten, bestaunte jedes einzelne Häuschen und jeden kleinen Schneemann, aber das Igluzelt hatte es ihr viel mehr angetan. Sie stürmte hinein und es war wie jedes Jahr. Die Öllampe hing an einer Strebe, darunter lagen überall Decken und in der Mitte stand – ja, wie soll es anders sein dies Jahr – eine große Dose mit den Keksen. Ein kleiner Weihnachtsbaum stand in der Ecke und der Rauschgoldengel, den Vin in der Schule gebastelt hatte, stand direkt neben Millas Platz. Tränen der Freude kullerten ihr über das kleine, gerötete Gesicht. Vin konnte nicht anders und nahm seine Schwester fest in den Arm.

»Weihnachten muss weiß sein, kleine Maus, da hast schon Recht.«

Ja, ihr Lieben, mit kleinen Mitteln kann man eine Freude machen und was wir heute Müll nennen und wegwerfen, ist früher oft noch verwendet worden, um genau solche kleinen Freuden zu bereiten. Und woraus baut ihr euer eigenes kleines Weihnachtsdorf?

© Bibi Rend

© Wiebke Worm

Über die Autoren & Illustratoren

Sunny Claire wurde in Stralsund geboren und lebt in Sachsen, wo sie ihre Freude an der Literatur als Leiterin des Zirkels Schreibender mit anderen teilt. Schon früh in der Kindheit lernte sie, Träume zum Fliegen zu bringen. Mit humorvollen Storys im Gepäck reist die Romantikerin mit ihren abenteuerlustigen Helden zu Lesungen. Auf den Schienen des Landes entstehen ihre Gedichte, Kinderbücher und Reisegeschichten. Ihr Roman und auch ein Theaterstück werden bald erwartet. 2018 beendete sie ihr Studium an Hamburgs Autorenschule und wurde Mitglied im Verband Deutscher Schriftsteller. Sie liebt die Insel Rügen, töpfert, musiziert, malt Landschaftsbilder und gibt Kunstkurse für Kinder.

Geboren wurde **Azrael ap Cwanderay** im Januar 1969, in der Stadt Menden im Sauerland (Deutschland) entdeckte der Autor schon in Kindheitstagen seinen Hang zum Geschichtenerzählen. Geschah dies erst in Comicform, so kamen in späteren Jahren Gedichte, Liedtexte und dann auch erste Romanversuche hinzu. Nach einer klassischen Schulausbildung war die Ausbildung zum Grafiker der nächste logische Schritt, um seinem künstlerischen Schaffen ein solides zeichnerisches Fundament zu bieten.

Derzeit lebt der Künstler mit seiner Lebensgefährtin, seiner kleinen Tochter und einem vorwitzigen Hund am Wörthersee und erschafft weitere Welten der Phantastik und des Staunens.

Val Valland ist das Pseudonym eines Autors, welcher in Deutschland beheimatet ist.
Immer wieder werden Texte überarbeitet und verfeinert, bevor er wirklich zufrieden ist.
Glücklich verheiratet stellt er sich nicht nur beim Schreiben neue Aufgaben.
Er lebt in seinen Geschichten/Romanen sexuelle Fantasien aus.

Mein Name ist Ulrike **Rosa Bosbach**, ich bin 1949 in Solingen als drittes Mädchen meiner Eltern zur Welt gekommen. Zwei Jahre nach meiner Geburt wurde mein geliebter Bruder geboren. Die Kindheit, und überhaupt mein ganzes Leben habe ich in meiner Geburtsstadt Solingen verbracht. Später habe ich (leider viel zu früh), geheiratet und wurde selber Mama einer zauberhaften kleinen Tochter, die mir ein genauso zauberhaftes Enkelkind geschenkt hat.

Einige Jahre später habe ich mich, mehr oder weniger erfolgreich, auch wieder ins Berufsleben gestürzt. Bis ich 1998 an Brustkrebs erkrankte, und das hat mein Leben schon sehr verändert.

Irgendwann im Jahr 2013 entdeckte ich die Liebe zum Schreiben, und ich begann, meine ersten Gedichte zu schreiben. Aus der Liebe wurde Leidenschaft und nach zwei weiteren Jahren erschien mein erstes Buch, und nach einem weiteren Jahr mein zweiter Gedichtband.

Das Schreiben hat mein Denken und Fühlen in eine neue Richtung gelenkt und ihm einen besonderen Sinn gegeben. Ich bin Autorin mit Leib und Seele. Für unsere Tageszeitung schreibe ich hin und wieder einige Gedichte in Mundart.

Linda Marie Haupt wurde im Mai 1959 in Remscheid geboren. Die ehemalige Pflegedienstleiterin ist verheiratet und hat zwei erwachsene Kinder.

Schon seit ihrer Kindheit liebt sie das Lesen, mit dem Schreiben begann sie jedoch erst vor drei Jahren, seit sie auf der Insel Mallorca lebt. Hier setzt sie sich auch privat im Tierschutz ein. Sie schreibt unter dem Pseudonym Linda Marie Haupt, das eine Hommage an ihre sehr früh verstorbene Mutter ist.

Bisher veröffentlichte sie in sechzehn Anthologien ihre Gedichte und Kurzgeschichten, weitere erscheinen in diesem Jahr.

Ich heiße **Nicole Franziska Horn** und kam am 08. Februar 1973 als Erstgeborene von zwei Kindern in Würzburg zur Welt. Meine Kindheit war von schweren Schicksalsschlägen geprägt.

Mit achtzehn Jahren lernte ich meinen Mann kennen, bin seitdem glücklich verheiratet und mittlerweile Mutter von zwei wundervollen Söhnen. Seit nun zwanzig Jahren arbeite ich als Heilerziehungspflegerin in einer Wohngruppe für Menschen mit geistigen und psychischen Erkrankungen, was mir großen Spaß macht.

Bereits im Teenager-Alter habe ich immer wieder Gedichte geschrieben und so meine Gefühle zum Ausdruck gebracht. Jedoch erst im Jahre 2006, nach einem schweren psychischen Zusammenbruch, integrierte sich die Schreiberei so wirklich in mein Leben, und ich hielt meine Gedanken und Gefühle in Form von Gedichten und Texten fest. Ich wählte für meine Veröffentlichungen das Pseudonym Franziska Neidt.

Nachdem ich, **Bianka Mertes**, vor nunmehr 48 Jahren am 25.11.1968, in Unkel am Rhein das Licht der Welt erblickte, verbrachte ich meine Kindheit in Rheinbrohl und Bad Hönningen.

Schon in der Schule wurde mir schnell klar, dass ich gerne Geschichten erfinde, und brachte diese auch irgendwann zu Papier. Mein erstes Buch jedoch habe ich für mein erstes Kind geschrieben.

Jetzt lebe ich glücklich mit meinem Mann und unseren drei Mädels in einem kleinen Ort im Westerwald. Hier, inmitten der Natur, schreibe ich und kümmere mich um Haus und Hof.

Neben dem Schreiben habe ich auch noch weitere Hobbys, wie zeichnen, malen, lesen und airbrushen.

Der größte Traum in meinem Leben ist es, meine Familie und meine Leser glücklich zu machen.

Anfangs sollte es ein Hobby sein, ein Ausgleich zu einem anstrengenden Beruf - dann aber machte sie mehr daraus. Ihr Pseudonym **Bibi Rend** hat eine Geschichte. Es ist ein Andenken an ihre verstorbene Großmutter.

Geboren und aufgewachsen in dem schönen Fuhrberg verschlug es sie für einige Jahre in die Nachbarstadt Burgdorf. Dort lebte die Mittvierzigerin mit ihrem Mann und ihrer doch recht eigensinnigen Katze rund zehn Jahre. Ihr Herz zog sie zurück in ihr Geburtshaus, in dem sie jetzt mit ihrem Mann und ihrer Katze lebt. Ihren Brotjob gab sie auf und machte sich selbstständig. Heute kümmert sie sich mit Herz und Verstand um die Werke ihrer Kollegen.

Nicole Wefer, kein Pseudonym, einfach nur Nicole, Mama von einer schulpflichtigen Tochter und glückliche Ehefrau. Eine Frau, die mit beiden Beinen im Leben steht, aber auch gerne mal Süßes nascht, bei Filmen die ein oder andere Träne vergießt, Bücher verschlingt und leidenschaftlich schreibt.

An ihrem ersten Buch hat sie mehrere Jahre gearbeitet, immer wieder verbessert, erweitert und noch einmal überarbeitet. Im Mai 2015 erschien ihr Debüt ›Kopf gegen Herz‹ in einem kleinen Verlag, von dem sie sich im Dezember bereits wieder trennte. Nun veröffentlicht sie seit März 2017 ihre Bücher im Self Publishing.

Veronika Broszinski wurde 1960 in Bad – Bibra geboren, ist aufgewachsen mit noch zwei Geschwistern. Von Kindheit an ist sie feinsensibel und sehr intuitiv, und kann sich daher sehr gut in andere Menschen hinein fühlen, und nimmt somit auch alle feinstofflichen Energien aus anderen Dimensionen wahr.

Durch mehrere Schicksalsschläge in ihrem Leben, beschritt sie in voller Liebe und Demut ihren so wichtigen spirituellen Weg. Das Medium, mediale Heilerin und Autorin ist Mutter von zwei erwachsenen Kindern und Großmutter von sieben Enkelkindern.

Sie arbeitet im eigenen Ayurveda Center und berät Menschen auf ihren spirituellen Entwicklungsweg vor Ort, aber man kann sich auch telefonisch von ihr beraten lassen. Als spirituelle Lehrerin ist sie in ihrem Wirkungsfeld über die Ländergrenzen hinaus tätig.

Conny Six

Meinen ersten Atemzug auf dieser Welt machte ich 1969, und bis heute ist es ein Lernen und Verstehen, ein sich vertrauen und lieben lernen. Aufgewachsen bin ich in Dresden, zeitweise in einem Heim, weil ich nicht in das System passte. Die Liebe meiner Eltern konnte dies nicht verhindern. Zwei Schwestern und ein Bruder, die ganze Familie war immer der Hafen in meinem stürmischen Leben. Sicher und geborgen und doch einsam und verloren.

Mit sechzehn begann ich, aus dem ersten Liebeskummer heraus, kurze Texte in Gedichtform zu schreiben. Positive Gedanken, Gefühle und Liebe spielten eine große Rolle in den wenigen Zeilen.

Das Schreiben hat sich, wie mein Leben, immer weiterentwickelt. 1996 wurde mir mein Sohn geschenkt, den ich über alles liebe und für den ich durch die Hölle ging. Er motivierte und inspirierte mich, meine Gefühle und Gedanken auf Papier zu bringen.

Ich liebe zu schreiben, mit meinen Zeilen ein Lächeln in die Herzen zu zaubern. Ich bin dankbar, den Lesern ein bisschen Trost und Hoffnung zu geben. Dass Worte Licht ins Dunkel bringen können und auch ein Stück weit heilen. Das Leben ist schön.

Aufgrund einschneidender persönlicher Erlebnisse, begann **Wiebke Worm** Ende 2013 zu schreiben. Dabei erlebte sie, wie das Schreiben ihr Leben bereicherte. Neben diversen eigenen Büchern ist sie in einigen Anthologien vertreten.

Seit ihrer Kindheit fotografiert sie leidenschaftlich gerne. Mitte 2014 entdeckte sie ihre Faszination für das Zeichnen, inzwischen illustriert sie auch für andere Autor/innen und den Karina-Verlag.

Mehr über sie kann man hier nachlesen:
www.wiebke-worm-art.de

Die Autorin **Sonja Röhm-Reimann**, Jahrgang 66, lebt mit Mann und ihren zwei fast flüggen Kindern im schönen Straubing in Niederbayern. Sie hat den Kopf voller Geschichten, die dort beständig herumspuken und erst Ruhe geben, wenn sie niedergeschrieben sind. Neben dem Schreiben ist sie gerne draußen in der Natur beim Wandern oder bei der Arbeit im Garten. Für ein bisschen Sport ist auch noch Zeit und so kann man sie gelegentlich beim Joggen, beim Bogenschießen oder im Karate Dojo antreffen.

Über die Herausgeberin

Selbst schreibt Bianca Karwatt seit 2014 unter dem Pseudonym Bibi Rend. Im Jahr 2015 half sie im Besonderen Autoren mit einer Lese-Rechtschreib-Schwäche, aber auch denen, die Probleme mit der deutschen Sprache hatten, wodurch sie sich sehr schnell einen Namen aufbaute. Bianca Karwatt hat in der Vergangenheit schon mit einigen Verlagen zusammengearbeitet, die auch heute noch ihre Arbeit zu schätzen wissen.

Sie macht auch heute noch keinen Unterschied, für sie sind alles nur Autoren, egal mit welchem Handicap. Dadurch hat sie sehr schnell einen festen Autorenstamm erhalten, mit dem sie auch heute noch zusammenarbeitet. Viel Wert legt sie auf eine enge, gemeinschaftliche Zusammenarbeit und das dazu noch zu günstigen Preisen.

Für sie Grund genug, Anthologien zu veröffentlichen, um Autoren mit wenig Einkommen den gleichen Service zukommen zu lassen, wie denen, die bessergestellt sind. Zusätzlich möchte sie mit den Anthologien ›Linda Marie Haupt‹ bei ihrem Tierschutzprojekt ›Kleine Notfellchen‹ unterstützen.

Weitere Informationen zu dem Service:
www.buchstabenpuzzle.de

Über das Tierschutzprojekt
›Kleine Notfellchen‹

Ich möchte euch gerne erzählen, was wir hier tun auf Mallorca. Denn wenn ihr mich wirklich unterstützen wollt, solltet ihr das schon wissen.

Als wir vor vier Jahren Mallorca zu unserem Wohnort gemacht haben, merkten wir sehr schnell, dass Tiere hier keinen besonderen Wert haben. Schon ein Jahr später wollten wir einen Verein gründen, um richtig helfen zu können. Doch wie das oft so ist, hat sich das leider zerschlagen, da so etwas natürlich Geld kostet und wir das mit unseren Erwerbsunfähigkeitsrenten nicht stemmen konnten.

Geblieben ist der Wunsch, das Bedürfnis, den armen Tieren zu helfen. Hier auf Mallorca gibt es einige »staatliche Tierheime«, doch lasst euch nicht irreführen, die Namen täuschen. Diese Heime sind Perreras - Tötungsstationen! Das bedeutet: Jedes Tier, egal ob Hund oder Katze, hat nach der Einlieferung in der Regel DREI Wochen Zeit, vermittelt zu werden. Gelingt das in dieser Zeit nicht – wird es getötet. Und dabei ist es völlig egal, ob es sich um junge, alte, gesunde oder kranke Tiere handelt. Ich sage in der Regel, denn manchmal, wenn die Perreras nicht überfüllt sind, haben einige die Chance, länger dort zu sein. Ist die Perrera überfüllt, wird ausgesucht: Zuerst die Kampfhunde, dann die großen Schwarzen (die bringen hier Unglück!), dann die Kranken, die Alten und zum Schluss die Welpen. Und dann wird getötet, der Reihe nach. Ungefähr 3000 Hunde und Katzen jedes Jahr.

Es gibt mittlerweile einige private Tierorganisationen unter deutscher Leitung, die in engem Kontakt mit den Perreras stehen, versuchen, so viele wie möglich dort freizukaufen und nach Deutschland zu vermitteln. Wir haben das auch versucht, doch ohne Beziehungen, Geld und Pflegestellen in Deutschland, ist es fast unmöglich, als »Normalmensch« ein Tier zu vermitteln. Vor drei Jahren fanden wir dann, Anfang Dezember, sechs Katzenwelpen im Alter von ca. fünf Wochen im Müll. Damit begann alles. Wir haben sie aufgepäppelt, Tierarzt.... Bekamen von zwei lieben Freunden aus Deutschland zu Weihnachten ein paar Riesenpakete mit Futterspenden. Dann kam das Problem der Vermittlung. Letztendlich haben wir alle, bis auf eine auf der Insel verschenkt. (Arbeitskollegen meiner Kinder) Ich will damit nur sagen, wir machen kein Geschäft damit. Die letzte, der Welpen war fast ein Jahr bei uns, bis auch sie eine Familie fand. Sie hat den Lottogewinn unter den Körbchen gefunden!

Weiter ging es mit einer alten, kranken Dame, die eine Katze mit vier Welpen hatte und sie nicht mehr versorgen konnte, außerdem aufgrund der Krankheit zurück nach Deutschland wollte. Also bekamen wir sie und hin und wieder bekommen wir auch von ihr noch Futter für die Katzen. Im Sommer vor zwei Jahren band man uns eine Kampfhundmischlingshündin an die Tür, sie lebt jetzt bei meiner Tochter.

Eine andere Familie hatte über dreißig Katzen, ging zurück nach Deutschland und ließ zehn davon zurück. Wir haben sie eingefangen sonst wären sie in der Perrera gelandet. Im letzten Jahr hatten wir innerhalb von einer Woche vier kleine Kätzchen ca. vier Wochen alt, aus der Mülltonne. Eines davon mit einem schrecklich entzündeten Auge, das entfernt werden musste und mit Katzenschnupfen. Aber sie hat es geschafft, unsere Ojita und es geht ihr heute gut! Allen geht es soweit gut, wir füttern sie, versorgen sie medizinisch, soweit wir können, ansonsten haben wir eine tolle Tierärztin, die uns gute Preise macht und bei der wir auch in Raten zahlen dürfen. Denn selbstverständlich sind alle kastriert worden, denn noch mehr Katzen - nein, vermehren sollen sie sich nicht. In diesem Jahr hatten wir erst ein Müllkätzchen und die kleine Püppy hat schon bei einem Freund ein neues Zuhause gefunden. Trotz allem versorgen wir täglich über zwanzig Katzen (Unterschiedlich, da immer ein paar Freßfreunde mit dabei sind) zweimal täglich mit Futter, Tropfen gegen entzündete Augen, kleinere Wunden.

Dazu kommen unsere drei Hunde, auch aus Perreras, die wir freigekauft haben, aber nicht vermitteln konnten. Sie bleiben nun. Wir können überhaupt keine Tiere mehr aus den Perreras holen, wir sind voll. (Es sei denn wir bekämen den Auftrag für jemanden, dies zu tun, weil er/sie ihn haben möchte)

Aber wir können dafür sorgen, dass einige nicht dort landen und dafür setzen wir uns ein. Wer Hilfe braucht, bekommt sie, soweit wir das leisten können. Das ist es ganz kurz beschrieben, was wir hier auf Mallorca tun.

Es gibt auch die Seite »unsere Notfellchen«, auf der immer mal wieder Eintragungen zu finden sind.

Wenn ihr Fragen habt, ich beantworte sie gerne.

Eure Linda Marie Haupt

Weitere Informationen unter:
https://www.facebook.com/unsere.notfellchen

Inhalt

95